마지막 수업

KB192139

알퐁스 도데 지음

프로방스의 님에서 태어난 프랑스의 소설가이자 극작가입니다. 아버지의 사업 실패로
중학교를 중퇴하고 기숙사 감독의 조수가 되었는데, 이때의 고통스러운 경험은 뒷날 자전적 소설
「꼬마 철학자」에 잘 나타나 있습니다. 시집 「사랑하는 여자」(1857년)를 내면서 재능을 인정받아 「피가로」 등의
일류 신문 · 잡지사로부터 원고 청탁을 받았는데, 시뿐만 아니라 단편 소설 · 희곡도 써서 호평을 받았습니다.
도데의 진면목을 드러낸 작품으로 꼽히는 「풍차 방앗간 편지」 「꼬마 철학자」 「월요 이야기」, 그리고
비제의 작곡으로 유명한 희곡 「아를르의 여인」은 오늘날에도 많은 독자들로부터 사랑받고 있습니다.

문삼석 엮음

전남 구례에서 태어났으며 오랫동안 초 · 중 · 고교에서 학생들을 가르쳤습니다.
조선일보 신춘문예에 동시가 당선되어 작품 활동을 시작했으며, 동시집 「산골물」 「가을 엽서」 「이슬」
「바람 하늘 산」 「별」 「빗방울은 즐겁다」 「아가야 아가야」 「바람과 빈 병」 「우산 속」 「도토리 모자」 「2학년이 읽는 동시」
「엄마랑 읽는 아가 동시」 「엄마랑 종알종알 말놀이 동시」 「아주 특별한 동시」, 그림 동화집 「당나귀알」 「토끼전」
「서대쥐전」 「은혜 갚은 학」 「성냥팔이 소녀」 등을 펴내 대한민국문학상 · 세종아동문학상 등을 받았습니다.

2023년 3월 10일 2판 12쇄 **펴냄**
2011년 8월 25일 2판 1쇄 **펴냄**
2004년 8월 1일 1판 1쇄 **펴냄**

펴낸곳 (주)효리원
펴낸이 윤종근
지은이 알퐁스 도데 · **엮은이** 문삼석 · **그린이** 이태호
등록 1990년 12월 20일 · **번호** 2-1108
우편 번호 03147
주소 서울시 종로구 삼일대로 457, 406호
전화 02)3675-5222 · **팩스** 02)765-5222

잘못 만들어진 책은 구입하신 서점에서 바꾸어 드립니다.
ISBN 978-89-281-0119-1 64860

이메일 hyoreewon@hyoreewon.com
홈페이지 www.hyoreewon.com

소중한 _____ 에게

_____ 가(이) 선물합니다.

_____

마지막 수업

알퐁스 도데 지음
문삼석 엮음 / 이태호 그림

효리원
hyoreewon.com

알퐁스 도데는 매우 시적이고 서정적인 작품을 많이 쓴 작가로 알려져 있다. 그가 그려낸 프로방스 지방의 풍경들은 수채화처럼 따스하고 아름다운 느낌을 준다.

내가 처음 읽은 그의 작품은 '마지막 수업'이었다. 나라를 빼앗겨 더 이상 자기 나라 말로 공부를 할 수 없게 된 어느 프랑스 시골 학교의 수업 시간 이야기였다.

처음 그 이야기를 읽었을 때는 뭐가 그리 좋은 작품인지 잘 알 수가 없었다. 아멜 선생님이 마지막에 말을 잇지 못하고 쩔쩔매는 장면은 지나친 과장으로 보였고, 자기 나라 말을 지켜 나가는 일이 매우 중요하다고 했지만 그게 무슨 뜻인지도 깊이 새겨볼 수가 없었다.

그런데 이상하게도 그 이야기는 내 가슴에 깊이 박혀 잊혀지지 않았는데, 얼마 안 있어 그 뜻을 알게 되면서 그 작품이 지닌 위대한 가치를 깊이 깨닫게 되었다.

나라를 위하고 사랑하는 방법은 여러 가지가 있을 것이다. 그러나 자기 나라의 말과 글을 사랑하는 것이 참다운 나라 사랑이라는 것을 모르는 사람들도 많다. 우리 어린이들은 모름지기 「마지막 수업」에 나오는 아멜 선생님의 말씀을 잘 새겨서 참다운 나라 사랑의 길로 나아가야 할 것이다

알프스의 아름다운 자연을 배경으로 순수한 영혼을 지닌 목동과 천진한 주인집 아가씨 사이에 벌어지는 사랑 이야기인 「별」도 나에게 큰 감동을 준 작품이다. 손으로 잡을 순 없지만 언제나 밤하늘을 수놓으면서 아름다운 꿈을 꾸게 해 주는 별처럼, 이 작품은 지금도 내 가슴을 설레게 한다.

이 책에는 알퐁스 도데가 남긴 많은 작품 중에서 우리 어린이들에게 아름다운 꿈과 감동을 주는 12편의 이야기가 실려 있다.

이 책을 읽는 어린이들은 자연을 사랑하고, 사람을 사랑하고, 또한 나라를 사랑한 알퐁스 도데처럼 사랑이 넘치는 어린이로 자랄 것이라고 믿고 있다.

엮은이 문삼석

별

    뤼브롱산에서 목동으로 일할 적에 나는 아무도 만나지 못한 채 몇 주일씩이나 외롭게 지낼 때가 많았다. 단지 나의 개 라브리와 함께 양들을 돌보는 게 내가 할 수 있는 일의 전부였다. 가끔 약초를 캐러 다니는 몽 드 뤼르산의 수도사들이나 숯쟁이들의 시커먼 얼굴을 볼 수는 있었으나, 그들은 외롭게 사는 게 버릇이 되어서인지 한결같이 말수도 적을 뿐만 아니라, 마을에서 일어난 일들은 아예 모르고 살아가는 소박한 사람들이었다.

    그래서 보름 간격으로 식량을 날라다 주는 목장 노새의 방울소리가 들리거나, 심부름을 하는 꼬마 미아로의 명랑한 얼굴이나 나이 든 노라드 아주머니의 다갈색 모자가 언덕 너머에서 보이기 시작하면 나는 그렇게 좋을 수가 없었다. 그들은 그동안 누가 세례를 받고 또 누가 결혼을 했다는 등 산 아랫마을 소식을 나에게 들려주었다. 그 가운데서 내가 가장 듣고 싶은 것은 이 근방에서는 가장 아름다운 주인집 딸 스테파네트 아가씨에 관한 소식이었다.

나는 일부러 흥미가 없는 체하면서 아가씨가 그동안 어느 잔칫집엘 자주 다녔는지, 또는 젊은이들이 얼마나 아가씨를 많이 찾아왔었는지에 대해서 물어보곤 하였다. 혹시 사람들이 산에서 양을 치는 주제에 그런 것을 왜 물어보느냐고 할지 모르나, 나는 이미 스무 살이나 되었고 스테파네트 아가씨는 내가 아는 사람 중에서 가장 아름다웠기 때문이다.

어느 일요일, 그날도 나는 식량을 기다리고 있었는데 웬일인지 시간이 꽤 늦었는데도 일행이 나타나지 않았다. 오전에는 미사 때문에 늦어지겠지 생각하고 있었지만, 오후가 되자 갑자기 소나기가 내려 어쩌면 비 때문에 오지 못할지도 모른다는 생각이 들기도 했다.

마침내 하늘이 활짝 개자 물기를 머금은 나뭇잎들은 더욱 푸르고, 산과 물은 맑은 햇빛을 받아 눈부시게 반짝였다. 나뭇잎에 고여 있던 물방울들이 똑똑 떨어지고, 그사이 불어난 물소리가 골짜기로부터 시원스럽게 들려올 때였다. 아래쪽에서 부활절 미사의 종소리만큼이나 명랑하고 경쾌한 노새 방울 소리가 들려왔다. 식량을 실은 노새가 나타난 것이었다.

그런데 나는 깜짝 놀라고 말았다. 노새를 몰고 온 사람은 꼬마 미아로도 아니고 노라드 아주머니도 아니었기 때문이다. 놀랍게도 그건 바로 스테파네트 아가씨였다.

맑은 산 공기와 소나기로 한층 더 싱그러워진 산 모습 때문

에 볼이 발그레 달아오른 아가씨는 노새 등에 똑바로 앉아 흔들리며 올라오고 있었다.

노새에서 내린 스테파네트 아가씨는, 꼬마 미아로는 아파서 누워 있고 노라드 아주머니는 휴가를 받아 아이들이 기다리는 집으로 갔기 때문에 자신이 직접 왔노라고 했다. 그러면서 오는 도중에 길을 잘못 들어 늦어진 것이라고 했다. 그렇지만 꽃 모양의 리본이나 멋지게 차려입은 레이스 치마를 보면 숲속에서 길을 잃은 것처럼 보이지는 않았다. 오히려 어느 잔칫집에 가서 춤을 추다가 늦게 온 것처럼 보일 뿐이었다.

아, 아름다운 아가씨! 아가씨는 아무리 오래 바라보아도 싫증이 나지 않았다. 지금껏 이렇게 가까운 곳에서 아가씨를 바라본 적은 한 번도 없었다. 겨울이 되면 양 떼들을 몰고 들로 내려가 농장에서 저녁을 먹곤 했지만, 그럴 때마다 아가씨는 화려한 옷차림과 약간은 으스대는 얼굴로 하인들에게는 한 마디도 하지 않고 지나가곤 했다.

그런데 오늘은 그 아름다운 아가씨가 내 옆에 서 있었다. 그것도 바로 나를 위해서……. 그러니 어떻게 정신을 똑바로 차릴 수가 있겠는가?

스테파네트 아가씨는 바구니에서 식량을 꺼내 놓고는 호기

심에 가득 찬 시선으로 주위를 둘러보기 시작했다. 그리고 옷이 더럽혀질까 봐 살짝 치맛자락을 치켜들고서 양 우리 안으로 들어왔다. 우리 안에는 침대와 양피를 깔아 놓은 짚방석, 벽에 걸린 커다란 외투와 지팡이, 그리고 화승총 등이 널려 있었는데, 아가씨는 그것들을 하나하나 만져 보았다. 하찮은 것들인데도 아가씨에게는 신기하고 흥미로운 듯했다.

"여기서 사는 거야? 가엾기도 해라. 이런 데서 혼자 살면 얼마나 쓸쓸할까? 뭘 하고 지내지? 날마다 무슨 생각을 해?"

'그야 아가씨 생각을 하죠.'

나는 이렇게 대답하고 싶었다. 그러나 그것은 생각일 뿐 입 밖으로 말이 되어 나오지는 않았다. 아가씨는 발갛게 달아오른 내 얼굴을 보고 재미있다는 듯 짓궂은 질문을 계속했다.

"아마도 예쁜 애인이 종종 만나러 오는 모양이지? 그건 틀림없이 황금빛이 나는 양이거나 산봉우리를 뛰어다니는 에스테렐 요정일 거야."

그렇게 말하면서 머리를 뒤로 젖히고 예쁘게 웃는 모습이, 마치 꿈처럼 잠깐 나타났다가 금세 가 버리는 에스테렐 요정 같았다.

"잘 있어, 목동."

"안녕히 가세요, 스테파네트 아가씨!"

아가씨는 빈 바구니를 챙겨 비탈길을 내려갔다.

노새 발굽에 채여 나뒹구는 돌멩이들이 마치 내 심장 위로 쿵쿵 떨어지는 것만 같았다. 나는 꿈에 취한 것처럼 해가 거의 질 무렵까지 그 자리에서 꼼짝도 할 수가 없었다.

저녁이 되자 푸르스름한 어스름이 골짜기를 감싸고 양들이 서로 앞을 다투며 돌아오기 시작했다.

그때 아래쪽에서 누군가 부르는 소리가 나더니, 뜻밖에도 아가씨의 모습이 나타났다. 밝고 명랑하던 모습은 온데간데없고 온몸이 흠뻑 젖은 채 추위와 두려움으로 오들오들 떨고 있었다. 아가씨는 소나기로 불어난 산 아래 소르그강을 건너려다가 그만 물에 빠져 큰일 날 뻔했다고 했다. 이미 날이 어두워지기 시작했으므로 농장으로 돌아갈 수는 없었다. 더군다나 아가씨 혼자 지름길을 찾아간다는 것은 거의 불가능한 일이었다. 그렇다고 내가 양 떼들을 두고 같이 가 줄 수도 없었다.

아가씨는 안절부절못했다. 가족들에게 걱정을 끼쳐 드리게 된 것이 무척 마음에 걸리는 모양이었다. 나는 어떻게든 아가씨의 마음을 안정시켜 주려고 온갖 궁리를 짜냈다.

"아가씨, 지금은 7월이잖아요? 그래서 밤이 아주 짧아요. 그러니 조금만 참으세요."

　나는 흠뻑 젖은 아가씨의 옷을 말리려고 서둘러 불을 피웠다. 그리고 우유와 치즈를 가져다가 아가씨 앞에 놓았다. 하지만 아가씨는 불도 쬐려 하지 않고 먹을 생각도 하지 않았다. 겁먹은 두 눈에는 눈물이 가득 고여 있었다. 그걸 보자 나도 울고 싶어졌다.

　이윽고 어둠이 내리기 시작했다. 산등성이 위에 황금빛 놀이 조금 남아 있을 뿐이었다. 나는 아가씨에게 우리 안으로 들어가 쉬라고 말했다. 그리고 깨끗한 짚 위에 새 모피를 깔아 놓고 편히 쉬라는 인사를 한 다음 밖으로 나와 앉았다. 마음속 깊은 곳에서는 아가씨를 사모하는 마음이 불길처럼 타올랐지만, 그 이상의 딴 마음은 조금도 들지 않았다.

아가씨는 신기하다는 듯이 자신을 바라보고 있을 양들의 눈길 속에서, 양들보다 더 순결한 모습으로 마음놓고 잠이 들 것이었다. 사랑스런 아가씨가 바로 내가 지켜 주는 자리에서 편하게 잠들 수 있을 것이라는 생각은 나를 한없이 기쁘게 했다. 아득한 하늘과 반짝이는 별이 그처럼 아름답게 보인 적은 이제껏 없었다.

바로 그때 갑자기 우리 문이 열리면서 스테파네트 아가씨가 나왔다. 아마도 잠이 잘 오지 않는 모양이었다. 양들이 뒤척이면서 내는 지푸라기 소리 때문에 모닥불 곁으로 나오는 것이 더 낫겠다고 생각했는지도 몰랐다.

나는 두르고 있던 양피를 벗어 아가씨 어깨에 둘러 주었다. 그리고 모닥불을 뒤적여 불길이 더욱 활활 타오르게 했다. 우리는 아무 말도 하지 않은 채 앉아 있었다.

만일 당신이 집 밖에서 밤을 샌 적이 있다면, 사람들이 잠든 사이에 눈을 뜨는 또 하나의 고요한 세상이 있다는 것을 알 수 있을 것이다. 샘물은 더욱 맑은 소리를 내며 솟아나고, 연못은 작은 불빛들로 아름답게 흔들린다. 산 요정들은 이 산 저 산으로 훨훨 날아다니고, 어디선가 나뭇가지들이 가볍게 스치는 소리도 들린다. 마치 나뭇가지가 자라나고, 작은 풀잎들이 돋아나는 소리이듯이…….

　낮은 살아 움직이는 것들의 세상이지만, 밤은 움직이지 못하는 사물들의 세상이다. 그런 것에 익숙하지 않은 사람들은 밤을 두려워한다. 그래서인지 아가씨는 작은 소리만 들려와도 두려워 몸을 떨며 내게 바싹 붙어 앉곤 했다. 한 번은 길면서도 약간 낮은 소리가 아래쪽 연못으로부터 물결치듯 우리 쪽으로 들려왔다.

　그 순간 크고 밝은 별똥별 하나가 우리 머리 위를 지나 소리나는 쪽으로 빠르게 흘러갔다. 그것은 마치 그 소리가 밝은 빛살을 그쪽으로 끌고 가는 것처럼 보였다.

　"저게 뭐야?"

　스테파네트 아가씨가 낮은 목소리로 물었다.

　"하늘나라로 가는 영혼이랍니다."

　나는 성호를 그으면서 대답했다.

　아가씨도 따라서 성호를 그었다. 그리고 뭔가 생각하는 듯 하늘을 쳐다보며 이렇게 물었다.

　"목동들은 모두 마법사라고 하던데, 그게 정말이니?"

　"아니에요. 우리는 이처럼 높은 데서 별과 아주 가까이 살고 있으니까 평지에 사는 사람들보다는 하늘나라에서 일어나는 일들을 조금 더 알고 있을 뿐이에요."

아가씨는 여전히 하늘에서 눈을 떼지 않았다.

한 손을 머리에 얹고 양피를 두르고 있는 아가씨의 모습은 하늘나라의 목동처럼 보였다.

"참 많기도 해라! 어쩌면 저렇게 아름다울 수가 있을까? 난 지금까지 저렇게 많은 별을 본 적이 없어. 넌 저 많은 별들의 이름을 알고 있니?"

"그럼요. 자, 보세요. 우리 머리 위에 있는 별이 '성 야곱의 길(은하수)'이라는 별이에요. 저 별은 프랑스에서 에스파냐까지 뻗어 있죠. 샤를마뉴 대제가 사라센과 전쟁을 할 때 갈리스의 성 야곱이 가르쳐 준 길이래요. 저쪽에 있는 별은 '영혼의 수레(큰곰자리)'인데요, 바퀴 네 개가 반짝이고 있죠. 바로 그 앞에 '세 마리의 짐승'이 있고요, 그 세 번째 별 맞은편에 있는 작은 별은 '마부'라는 별이에요. 그 둘레에 빗줄기처럼 떨어지는 별들이 보이시나요? 그건 하느님께서 곁에 두고 싶어하지 않는 영혼들이래요……. 그 아래에 있는 별이 '쇠스랑'인데요, '삼왕성(오리온)'이라고도 불러요. 저 별은 우리 목동들의 시계와 같아요. 지금은 자정이 지났다고 알려 주고 있네요. 그 아래쪽에 빛나고 있는 별이 '장 드 밀랑(시리우스)'이죠. 하늘의 횃

불이라고나 할까요. 저 별에는 우리 목동들만 알고 있는 이야기가 있어요. 어느 날 '장 드 밀랑'이 '삼왕성'과 '닭장(북두칠성)'과 함께 친구 별의 결혼식에 초대를 받았대요. 성질이 급한 '닭장(북두칠성)'은 맨 먼저 길을 나서 위쪽 길로 갔대요. 저기 보세요, 하늘 한복판에 있는 별이 바로 그 별이에요. 삼왕성은 좀 늦게 그 아래쪽으로 가로질러 가서 '닭장'을 따라잡았지요. 그런데 게으름뱅이 '장 드 밀랑'은 그만 늦잠을 자버린 거예요. 뒤에 처진 '장 드 밀랑'은 앞서 간 두 별을 멈추게 하려고 지팡이를 던져 버렸대요. 그래서 '삼왕성'을 '장 드 밀랑의 지팡이'라고도 부른답니다. 그렇지만 누가 뭐래도 가장 뛰어난 별은 바로 우리 '목동의 별'이에요. 양 떼를 몰고 나가는 이른 새벽이나 양 떼를 몰고 돌아오는 저녁때면 언제나 우리 머리 위에서 아름답게 빛나고 있죠. 우리는 그 별을 '마글론'이라고도 부른답니다. 아름다운 '마글론'은 칠 년마다 한 번씩 '피에르 드 프로방스(토성)'로 가서 결혼을 한답니다."

"뭐라고? 별들도 결혼을 한다는 말이니?"

"그럼요, 아가씨."

나는 별들의 결혼에 대해서 좀 더 자세하게 말해 주려고 했다. 그런데 그때 무척 부드러우면서도 따스한 무엇인가가 내 어깨 위에 가볍게 닿았다. 그것은 졸음에 무거워진 아가씨의 머리였다. 리본과 레이스, 그리고 물결처럼 부드러운 머리카락이 내 어깨에 기대어 온 것이었다.

아침 해가 떠올라 하늘의 별들이 그 빛을 잃을 때까지 아가씨는 꼼짝도 않고 내 어깨에 기대어 있었다. 나는 두근거림이 없지는 않았지만, 거룩한 밤의 보살핌으로 잠들어 있는 아가씨를 아름다운 생각만으로 지켜 보았다. 우리 주위에서는 하늘의 수많은 별들이 마치 순결한 양 떼처럼 조용히 있었다.

내 머릿속에는 이런 생각이 떠올랐다.

'이 세상의 수많은 별들 가운데 가장 밝고 아름다운 별 하나가 지금 길을 잃은 채 내 어깨 위에 잠들어 있다.'

마지막 수업

그날 아침, 나는 꽤 늦은 시각에 학교에 갔다. 그날은 선생님께서 문법에 대해 물어보기로 한 날이었다.

나는 문법에 대해서는 별로 아는 게 없었으므로 속으로 걱정이 되었다. 그래서 학교에 안 가고 놀러나 갈까 하는 생각이 들기도 했지만, 그럴 수는 없는 일이었다.

날씨는 맑게 개어 있었다. 숲에서는 티티새가 지저귀고 있었고, 제재소 뒤쪽의 리페르 들판에서는 프러시아 군인들의 훈련 소리가 들려왔다. 이 모든 소리들이 골치 아픈 문법보다 훨씬 더 달콤하게 내 마음을 끌었으나, 나는 그냥 꾹 참고 학교를 향해 달려갔다.

면사무소 앞을 지날 때, 나는 게시판 앞에 모인 사람들이 웅성거리고 있는 것을 보았다. 지난 2년 동안, 전쟁에 졌다거나 군사를 모집한다거나, 프러시아 군사령부의 명령과 같은 좋지 않은 소식들만 전해 주고 있는 게시판이었다.

'또 무슨 일이 생긴 걸까?'

나는 궁금했지만 멈추지 않고 그냥 달렸다.

그때 견습공과 함께 게시판을 들여다보고 있던 바시텔 대장간 할아버지가 나를 보고 소리쳤다.

"얘야, 그렇게 서두를 것 없다. 어차피 지각은 없을 테니까."

그러나 나는 할아버지가 나를 놀리는 말이라고 생각하고 학교를 향해 헐레벌떡 뛰어갔다.

여느 때 같으면 수업이 시작되는 이 시각쯤이면 교실에서는 길에서도 들릴 정도로 시끌벅적한 소리가 흘러나왔다. 책상 서랍을 거칠게 여닫는 소리, 남보다 더 잘 외우려고 귀를 틀어막고 큰 소리로 고래고래 책을 읽는 소리, 그 사이사이로 '조용히 하지 못해?' 하는 고함과 함께 교탁을 내리치는 쇠막대기 소리들이 큰길까지 들려왔던 것이다. 나는 바로 그런 틈을 이용해서 슬쩍 교실로 들어가 앉을 생각이었다.

그런데 그날은 웬일인지 마치 일요일 아침처럼 조용했다. 열려 있는 창문을 통해 제 자리에 단정히 앉아 있는 친구들과 무서운 쇠막대기를 든 채 왔다갔다하는 아멜 선생님이 보였다.

나는 할 수 없이 조용하기만 한 교실 문을 살그머니 열고 안으로 들어갔다. 창피하기도 했지만 겁이 나서 가슴이 쿵쿵 뛰었다.

그런데 뜻밖의 일이 일어났다. 아멜 선생님은 화를 내거나 꾸짖기는커녕 나를 보더니 부드러운 목소리로 이렇게 말했다.

"프란츠, 어서 네 자리에 가 앉아라. 하마터면 너를 빼놓고 수업을 할 뻔했구나."

나는 얼른 내 자리로 가 앉았다. 마음이 좀 가라앉자 비로소 평소와는 다른 선생님의 옷차림이 눈에 들어왔다. 장학사가 오는 날이나 상장을 줄 때 입는 멋진 초록색 재킷에 새하얀 셔츠와 하늘색 넥타이, 그리고 오렌지색 조끼를 입고 있었던 것이다.

교실 분위기도 평소와는 다르게 뭔가 엄숙하고 무거운 느낌을 주었다. 그러나 무엇보다도 나를 놀라게 한 것은 교실 뒤쪽에 마을 사람들이 와서 우리들처럼 의자에 나란히 앉아 있는 것이었다. 삼각모자를 쓴 오제르 영감님, 지금은 물러난 전 면장님과 집배원 아저씨, 그 밖에도 몇 사람들이 긴 의자에 앉아

있었다. 어쩐지 모두들 슬퍼 보였다.

오제르 영감님은 모서리가 다 닳아빠진 프랑스 문법책을 무
릎 위에 펴놓고 그 위에 안경을 올려놓고 있었다.

내가 어리둥절하고 있는 사이에 아멜 선생님은 교단 위로 올라가더니 아까처럼 부드러우면서도 가라앉은 목소리로 말을 하기 시작했다.

"여러분, 바로 이 시간이 여러분과 함께 하는 내 마지막 수업입니다. 알자스와 로렌주의 모든 학교에서는 앞으로 독일어만 가르치라는 명령이 베를린으로부터 왔습니다. 내일부터는 새 선생님이 오실 것입니다. 그래서 오늘이 프랑스어로 수업하는 마지막 시간이니까 내 말을 주의 깊게 잘 들어주기 바랍니다."

이 몇 마디 말은 나를 온통 뒤죽박죽으로 만들어 버렸다. 이럴 수가! 면사무소 게시판에 붙어 있었던 게 바로 이것이었구나. 이게 마지막 수업이라니…….

나는 이제 겨우 글자를 쓸 수 있는 수준밖에 안 되는데, 그럼 더 이상 프랑스어를 배울 수가 없단 말인가? 이것으로 끝이란 말인가?

나는 그동안 시간을 헛되게 보냈다. 새 둥지나 뒤지고, 얼어붙은 강에서 스케이트를 타면서 수업을 빼먹었던 일들이 몹시 후회가 되었다.

조금 전까지만 해도 지겹게 여겨지던 문법책과 역사책이 이젠 헤어지기 싫은 오랜 친구처럼 생각되었다.

아멜 선생님에 대한 생각도 마찬가지였다. 이제 다시는 만날 수 없게 되었다고 생각하니, 그간 벌을 받은 일이나 쇠막대기로 맞은 일들이 오히려 그립게 다가왔다.

가엾은 선생님! 선생님은 이 마지막 수업을 위해 평소엔 입지 않는 예복까지 입으신 것이다. 그리고 마을 노인들도 이 마지막 수업을 위해서 이렇게 나와 있는 것이다.

나는 비로소 모든 사정을 알 수 있었다. 마을 사람들은 그간 자주 학교에 들르지 못한 것을 뉘우치고, 지난 40여 년 동안이나 학교를 지켜 준 선생님의 공로에 감사와 존경심을 나타낼 뿐만 아니라, 사라져 가는 조국에 대한 자신들의 의무를 다하기 위해 나온 것이다.

내가 이런 생각에 빠져 있는데 문득 내 이름을 부르는 선생님의 목소리가 들려왔다. 내가 외울 차례였던 것이다. 그때 내가 문법을 틀리지 않고 크고 자신 있는 목소리로 줄줄 외울 수 있었다면 얼마나 좋았을까? 그러나 나는 첫 마디부터 말문이 막힌 나머지 선 채로 고개를 숙이고 몸만 꼬고 있었다.

그런 나를 보신 아멜 선생님은 부드럽게 말했다.

"프란츠, 너를 꾸중하지는 않겠다. 너는 이미 충분한 벌을 받은 셈이니까. 사람들은 언제나 그렇게 생각하지. '시간은 얼마든지 있는데 서두를 게 뭐람? 오늘 못 배우면 내일 배우면 되는데…….' 그런데 그 결과가 어떠니? 바로 네가 당하고 있는 게 현실이야. 아! 가르치는 일을 자꾸만 뒤로 미룬 것이 우리 알자스의 가장 큰 불행이었다. 이제 저 프러시아 사람들은 우리에게 이렇게 말하겠지? '프랑스어도 읽고 쓰지 못하면서 프랑스 사람들이라고?' 그러나 프란츠, 그게 어찌 네 잘못만이겠니? 우리 모두 반성해야 할 일이지. 너희 부모님들도 아이들 가르치는 일에 그다지 힘쓰지 않으셨어. 돈 몇 푼 더 벌겠

다고 어린 너희들을 실공장으로 내몰았지. 나도 마찬가지였단
다. 종종 공부 대신 정원에 물 주는 일을 시켰는가 하면, 송어
낚시를 가고 싶어 한다고 멋대로 너희들을 쉬도록 놓아 두기
도 했어."

그런 뒤 아멜 선생님은 프랑스어에 대한 여러 가지 이야기를
하기 시작했다. 프랑스어는 이 세상에서 가장 아름다울 뿐만
아니라 가장 명확하고 또한 가장 훌륭한 말이라는 것, 그러므
로 우리 모두 그 말을 잊지 말고 잘 간직해야 한다는 것, 그리
고 한 민족이 망하여 남의 노예가 되더라도 자기 나라 말만 지
키고 있으면 결코 영원히 빼앗기지 않는다는 것, 그것은 말이
란 마치 감옥을 여는 열쇠와 같은 것이기 때문이라는 것 등
등…….

그런 다음 선생님은 책을 들고 우리가 배워야 할 부분을 읽
어 나갔다. 놀랍게도 그렇게 어렵던 내용이 아주 쉽게 이해가
되었다. 이상할 만큼 여느 때와는 달리 선생님의 말 한 마디
한 마디가 쏙쏙 귀에 들어오는 것이었다. 하기야 내가 그토록
열심히 수업에 집중해 본 적은 없었고, 선생님 또한 그 어느
때보다도 성의껏 우리들을 가르치긴 했다. 선생님께서는 마치
떠나기 전에 한꺼번에 모든 것을 다 가르쳐 주려는 것처럼 엄

숙하고 차분하게 수업을 진행해 나갔다.

문법 다음은 쓰기 공부 시간이었다. 선생님은 특별한 쓰기본을 준비해 오셨다. 예쁘고 분명한 필체로 '프랑스, 알자스, 프랑스, 알자스'라고 쓰인 쓰기본이었다. 그것은 마치 책상 귀퉁이마다 세워져 온 교실에 가득히 휘날리는 깃발처럼 보였다.

얼마나 쓰기에 열중했는지 교실에는 우리가 쓰는 펜 소리만 겨우 들릴 뿐이었다. 풍뎅이 몇 마리가 들어와 머리 위를 날아다녔지만 거들떠보는 사람은 아무도 없었다. 꼬마들까지도 정신을 집중해 선과 획을 긋는 데 열중하였다. 그때 학교 지붕 위에서 구구구구 비둘기들이 우는 소리가 들려왔다.

나는 그 소리를 들으면서 생각했다.

'저 비둘기들도 앞으로는 독일말로 울어야 할지 몰라.'

가끔 책에서 눈을 뗄 때마다 내 눈에는 교단에서 꼼짝도 하지 않고 서 있는 선생님의 모습이 들어왔다. 선생님은 마치 이 학교 전체를 자신의 눈에 모두 담아가려는 듯 주변을 뚫어지게 바라보고 있었다.

아멜 선생님은 운동장이 내다보이는 이 자리에서 40년이라는 세월을 보냈다. 그동안 변한 것은 너무 오래 써서 낡을 대로 낡아빠진 책상과 의자, 몰라보게 자라난 호두나무, 그리고 손수 심은 호프나무가 이제는 창문과 지붕을 가릴 정도로 크게 자란 것뿐이었다.

이 모든 것을 버려야 한다는 생각, 그리고 위층에서 짐을 꾸리느라 왔다 갔다 하는 누이동생의 발소리를 듣는다는 일이 선생님에겐 얼마나 슬픈 일이겠는가? 선생님은 누이동생과 함께 내일 이 학교를 떠나야 하는 것이다.

그런데도 선생님은 수업을 마지막까지 이어 나갔다. 쓰기가 끝나자 역사 공부를 했다. 꼬마들은 입을 맞춰 '바 · 브 · 비 · 보 · 뷔' 노래를 불렀다. 교실 뒤쪽에서는 오제르 영감님이 교과서를 들고 아이들과 함께 한 자 한 자 또박또박 읽어 나가고 있었다. 얼마나 감격스러운지 목소리가 떨려 나왔다. 우스꽝스런 목소리였지만 우리는 웃어야 할지 울어야 할지 갈피를 잡을 수가 없었다.

아! 나는 이 마지막 수업을 평생토록 잊지 못할 것이다.

그때 12시를 알리는 성당의 종소리가 들려왔다. 이어서 앙젤뤼스(아침 · 점심 · 저녁 기도식) 종소리도 들렸다. 그와 함께 바로 창 아래에서 훈련을 끝내고 돌아오는 프러시아 군인들의 나팔 소리가 울렸다.

아멜 선생님은 백지장처럼 하얗게 질린 얼굴로 자리에서 일어났다. 그때처럼 선생님이 커 보인 적은 없었다.

"여러분!"

선생님이 떨리는 목소리로 말했다.

"여러분, 나는…… 나는……."

선생님은 목이 메는 듯 끝내 말을 잇지 못했다.

비틀비틀 칠판 쪽으로 돌아선 선생님은 분필을 집어 들고 크고 힘차게 글씨를 썼다.

"프랑스 만세!"

그러고는 한참 동안이나 아무 말 없이 머리를 벽에 기대고 있다가 겨우 손을 들어 우리들에게 말했다.

"이제 다 끝났다. 모두들 돌아가렴……."

노인들

"아장 아저씨, 편지예요?"

"그래요, 파리에서 왔는데요."

마음씨 좋은 아장 아저씨는 파리에서 편지가 온 것이 대견스럽다는 투로 말했다.

그러나 나는 그렇지 않았다. 아침 일찍부터 파리에서 날아온 그 편지가 어쩌면 하루를 몽땅 망쳐 놓을 것 같은 예감이 들었기 때문이다.

어이없게도 그런 내 짐작은 딱 들어맞고야 말았다. 편지를 읽어 보면 왜 그런지 알 수 있을 것이다.

친구, 부탁이 있네. 하루만 자네 풍차 방앗간을 쉬고 바로 에이기에르로 가 주면 고맙겠네. 에이기에르는 자네 집에서 그리 먼 곳이 아니니 산책삼아 다녀온다고 생각하면 될 거야.

그곳에 도착하면 먼저 고아원을 찾게. 고아원 다음 집이 자네가 가야 할 집이니까. 낮은 지붕에 회색빛 대문이 달려 있고 뒤쪽에는 작은 정원이 있는 집이지. 문을 두드릴 필요는 없을 걸세. 언제나 열려 있으니까.

집 안으로 들어가면 먼저 큰 소리로 "안녕하세요? 저는 모리스의 친구입니다."라고 외치게. 그러면 틀림없이 자그마한 노인 두 분이 소파에 앉아 있다가 반갑게 두 팔을 내밀 걸세. 그러면 자네는 친할아버지나 친할머니를 만난 듯이 아주 반갑게 껴안아 드리게. 그분들은 다짜고짜 내 이야기부터 꺼내실 거야. 터무니없는 말씀을 하시더라도 끝까지 잘 듣게. 우습다고 웃으면 안 되네. 알겠나? 절대로 웃지 말아 주게.

그분들은 바로 둘도 없는 내 조부모님이시라네. 그분들은 나 하나 때문에 살고 계시는 분들이지. 그런데도 나는 거의 십 년 동안이나 그분들을 뵙지 못했어. 바쁜 일 때문에 내가 파리를 떠날 수 없다는 건 자네도 잘 알고 있겠지? 그렇다고 그분들이 파리로 오실 수도 없는 일 아닌가?

자네가 거기에 살고 있다는 게 얼마나 다행인지 모른다네. 자네를 껴안은 두 노인들은 틀림없이 나를 껴안은 듯이 기뻐하실 거네. 이미 자네에 대해선 자세하게 얘기를 해 두었으니까. 아주 친한 친구라고 말이야…….

이게 뭐람? 그날 아침, 프로방스 지방의 날씨는 흔히 볼 수 있는 대로 하늘은 개었으나 바람이 세차게 불고 햇볕이 너무 뜨거워 길을 나서기에는 알맞은 날씨가 아니었다.

편지를 받기 전에는 어느 편한 곳에 자리를 잡고 앉아 솔바람 소리에 귀를 기울이면서 햇볕을 쬐고 있는 도마뱀처럼 한가롭게 하루를 보낼 생각이었다. 그런데 그게 허사가 되고 만 것이었다.

나는 할 수 없이 방앗간 문을 닫아걸고 열쇠를 고양이가 드나드는 구멍 밑에 감추었다. 그리고 지팡이와 담배 파이프를 챙겨 들고 길을 나섰다.

에이기에르에 도착한 것은 2시경이었다. 사람들이 모두 일터에 나갔는지 마을은 텅 빈 듯 조용했다. 먼지를 뒤집어쓴 느릅나무 위에서는 매미들이 시끄럽게 울어 대고 있었다. 면사무소 앞 넓은 마당에서는 당나귀 한 마리가 햇볕을 쬐고 있었고, 교회당 우물 위로는 비둘기 몇 마리가 날아다녔다.

하지만 내게 고아원이 어디에 있는지를 알려 줄 만한 사람은 어디에도 보이지 않았다. 두리번거리던 내 눈에 언뜻 한 노파가 들어왔다. 노파는 낡은 집 문간에 쭈그리고 앉아 실을 잣고 있었다. 나는 다가가 고아원이 어디에 있는지 물어보았다. 노파가 손에 든 실꾸러미를 한 번 들었다 놓은 것 같았는데 신기하게도 내 눈 앞에 고아원이 우뚝 나타났다. 노파는 마치 마녀 같았다.

낡고 어두컴컴한 현관 위에는 빨간색 사암으로 만든 십자가가 걸려 있었고, 그 주위에는 라틴어로 뭔가가 씌어 있었다. 바로 그 뒤로 조그마한 집이 눈에 들어왔다. 회색빛 대문과 뒤쪽의 정원……. 나는 노크도 하지 않고 대뜸 안으로 들어섰다.

시원하면서도 조용한 복도, 분홍색 벽, 그리고 가느다란 블라인드 사이로 어른거리듯 보이는 아담한 정원, 여기저기 나무 판자 위에 놓인 시든 꽃과 낡은 바이올린을 오랫동안 잊을 수 없을 것 같았다. 나는 마치 옛날 스텐느라는 작가가 살던 시대로 돌아가 어느 나이 많은 대법관의 집에라도 온 것 같은 느낌을 받았다.

그때 복도 끝 왼쪽에 반쯤 열려 있는 문을 통해 똑딱거리는 시계 소리와 함께 글자를 또박또박 끊어 읽는 어린아이의 목소리가 들려 왔다.

"성, 자, 이, 레, 나, 이, 우, 스, 가, 소, 리, 를, 지, 르, 기, 를, 나, 는, 주, 님, 의, 밀, 이, 니……."

나는 살그머니 다가가 안을 들여다보았다. 희미한 방 안에는 붉은 뺨에 광대뼈가 튀어나오고 온통 주름살투성이인 한 노인이 소파에 푹 파묻혀 있었다. 마음 좋아 보이는 노인은 입을 조금 벌리고 두 손을 무릎 위에 포갠 채 깊이 잠들어 있었다. 소파 아래에는 고아원 제복을 입은 어린 소녀가 자기보다 더 큰『성자 이레나이우스』라는 책을 읽고 있었다.

소녀가 책을 읽는 소리는 무언가 신비한 힘을 가지고 있는 듯했다. 노인도 깊이 잠들어 있었지만 천장의 파리도, 창문 위 둥지 속의 카나리아도 모두 잠들어 있는 것이었다.

커다란 벽시계도 째깍째깍 일정한 리듬으로 코를 골고 있었다. 방 안에서 잠들지 않은 것은 창문 틈으로 새어드는 햇빛뿐이었는데, 그 하얀 햇빛 속으로는 작은 불꽃 같은 것들이 번쩍거리고, 작은 먼지들이 나타났다가 사라지곤 했다. 이처럼 모든 것이 잠들어 있는 사이에도 소녀는 진지하게 계속해서 책을 읽어 내려갔다.

"곧, 두, 마, 리, 의, 사, 자, 가, 성, 자, 에, 게, 달, 려, 들, 어, 그, 를, 삼, 켜, 버, 렸, 노, 라."

내가 발을 들여놓은 것은 바로 그때였다. 그런데, 성자 이레나이우스가 들어섰다고 해도 이처럼 놀랄 수 있었을까? 순식간에 야단법석이 나 버렸다. 놀란 소녀가 크게 소리를 지르며 책을 방바닥에 떨어뜨렸고, 카나리아와 파리들이 기겁을 하며 잠에서 깨어났으며, 벽시계가 갑자기 큰 소리로 울어 댔는가 하면, 놀란 노인도 자리에서 벌떡 일어났다.

나는 몹시 당황해서 문턱에 발을 멈춘 채 큰 소리로 외쳤다.

"아, 안녕하세요? 저는 모리스의 친구입니다."

아! 그 다음 순간을 어떻게 설명해야 할까? 노인이 두 팔을 내밀면서 나를 향해 달려오던 모습을 보여 줄 수만 있다면…….

나를 얼싸안은 노인은 정신없이 방 안을 이리저리 돌아다니며 이렇게 소리쳤다.

"아니, 이를 어쩌지……."

얼굴의 주름살이 순식간에 펴지면서 노인의 얼굴은 기쁨으로 발갛게 달아올랐다.

"자네가, 그러니까, 자네가……."

그러더니 노인은 안쪽을 향해 소리를 쳤다.

"마메트!"

그러자 안쪽에서 문 열리는 소리와 쥐가 후닥닥 도망치는 것 같은 소리가 들리더니 마메트 할머니의 모습이 나타났다. 기다란 리본 모자에 주황색 옷을 입은 할머니는 예절 바르게 오래전에 유행하던 수놓은 손수건을 들고 있었는데, 그 모습이 무척 아름다워 보였다. 그런데 두 노인은 놀랄 만큼 서로 닮아 있었다. 만일 노인이 할머니처럼 머리를 땋아 올리고 리본 달린 모자를 썼더라면 누가 할머니인지 구분할 수 없었을 것이다. 굳이 다른 점을 찾아낸다면 할아버지보다 할머니가 더 눈물을 많이 흘려서인지 주름살이 조금 더 많아 보인다는 점이었다. 할머니 곁에도 고아원에서 온 여자아이가 한 명 딸려 있었다. 고아원 아이의 시중을 받아야만 하는 두 노인의 모습이 가슴을 아프게 했다.

방 안으로 들어선 할머니는 나를 보더니 깍듯하게 인사를 하려고 했다. 그러자 할아버지가 말리면서 말했다.

"우리 모리스의 친구래요."

그 말을 들은 할머니는 몸을 가늘게 떨더니 이내 눈물을 뚝뚝 흘렸다. 들고 있던 손수건도 놓친 할머니의 얼굴은 할아버지보다도 더 빨갛게 달아올랐다. 평소 핏기라고는 없을 것 같은 두 노인은 조금만 감격해도 온몸의 피가 모조리 얼굴로 몰리는 것인지도 몰랐다.

"의자, 의자, 어서 의자를⋯⋯."

할머니가 소녀에게 급하게 말했다.

"문도 열려무나."

할아버지도 곁에 있는 소녀에게 말했다.

그리고 노인들은 양쪽에서 내 손을 하나씩 붙잡고는 내 얼굴을 좀 더 잘 보기 위해 종종걸음으로 창문 쪽으로 데리고 갔다. 소녀들이 의자를 창문 옆으로 옮겼다.

나는 두 노인 사이에 앉았다. 두 소녀는 우리 뒤에 섰다.

이내 질문이 쏟아졌다.

"우리 애는 잘 있겠지? 무얼 하는지 자네는 알고 있나? 어째서 그 애만 못 오는 건가? 어려운 일은 없는 건가?"

몇 시간 동안이나 이런 이야기가 꼬리에 꼬리를 물었다.

나는 최선을 다하여 대답했다. 친구에 관한 일이라면 내가 아는 한 모조리 말씀드렸다. 그러나 내가 모르는 부분이 나올 때에는 그럴듯하게 둘러댈 수밖에 없었다. 예를 들어 내 친구의 방 창문이 잘 닫히는지, 벽지 색깔은 무엇인지에 대해 물었을 때, 한 번도 본 적이 없어 모른다고 할 수는 없는 일이었다.

"아, 벽지 색깔요? 파란색이죠. 꽃무늬가 새겨져 있고요."

"오, 그래요?"

할머니는 기쁜 얼굴로 연신 감탄을 하면서 할아버지에게 고개를 돌리며 이렇게 덧붙였다.

"그 아이는 정말 착하군요."

"그럼, 착하고말고!"

할아버지도 맞장구를 쳤다.

내가 이야기를 하는 동안 두 노인은 고개를 끄덕이기도 하고 엷은 웃음을 띠기도 하고, 서로 마주 보면서 눈을 깜박거리기도 했다.

때때로 할아버지는 내 쪽으로 몸을 바짝 기울이면서 말하곤 했다.

"좀 더 큰 소리로 말해 줄 수 없겠나? 우리 할멈은 가는귀를 먹었거든."

할머니도 가끔 거들었다.

"미안하지만 좀 더 크게 말해 줘요. 우리 영감님의 귀가 어둡다우."

그럴 때마다 나는 목소리를 높였다. 그러면 두 노인은 고맙다는 듯이 엷은 미소를 보냈다. 내 눈에서 손자 모리스의 모습을 찾아내려는 듯 가까이 다가앉은 두 노인의 웃음 속에서 잡힐 듯 말 듯 친구의 얼굴이 떠올라 나는 저려 오는 가슴을 지긋이 눌러야만 했다.

갑자기 할아버지가 의자를 밀치며 벌떡 일어섰다.

"이런! 아직 점심을 먹지 않았잖아!"

할머니도 깜짝 놀라 팔을 쳐들었다.

"아이고, 이를 어째! 점심을 먹지 못했다니……."

나는 그게 모리스에 관한 이야기겠거니 생각하곤 그 착한 손자는 한 번도 식사 시간을 넘긴 적이 없다고 말씀드리려 했다. 그러나 그건 바로 나에 관한 이야기였다.

내가 그렇다고 하자, 요란하게 소동이 벌어졌다.

"뭐 하고 있는 거냐? 어서 상을 차리지 않고……. 식탁은 방 한가운데 놓아라. 주일날에 쓰는 식탁보도 가져오고, 꽃무늬 접시도 내오렴. 웃지만 말고 빨리 서둘러!"

접시를 세 개밖에 깨뜨리지 않았는데, 벌써 상이 차려졌다.

"시장할 텐데……, 어서 들어요."

할머니는 친절하게 나를 식탁으로 안내했다.

"혼자 들게 해서 이를 어쩌나? 우린 벌써 먹었어요."

불쌍한 노인들, 그들은 누가 와도 이미 식사를 끝냈다고 말할 것이었다.

마메트 할머니가 서둘러 차려 주신 음식이란 우유 한 잔과 대추와 배, 그리고 과자와 비슷한 바게트였다. 모르긴 해도 할머니와 카나리아가 한 주일 동안은 먹을 수 있는 양이었다. 그런데 나는 시장한 나머지 그 음식들을 모두 먹어 버렸다. 식탁 옆에 있던 사람들이 얼마나 섭섭했을까? 사실 어린 소녀들은 서로 옆구리를 찔러 대면서 속닥거리는가 하면, 새장 속의 카나리아도 '저 사람이 우리가 먹을 음식을 모조리 먹어 버렸어.' 하고 흉을 보는 것만 같았다.

처음에는 옛날 가구들이 조용하고 아늑한 느낌을 풍기는 방을 구경하느라 그런 줄을 모르고 있었다. 나는 방 안에 나란히 놓여 있는 작은 침대에서 눈을 뗄 수가 없었다. 아이들의 요람 같은 침대를 보면서 큰 술이 달린 커튼 아래 이불 속에 함께 누워 있을 두 노인을 그려 보았다. 벽시계가 세 번 울리면 노인들은 깨어날 것이다.

"마메트, 아직 자는 거요?"

"아뇨. 깼는걸요."

"우리 모리스, 착한 아이지?"

"그럼요. 착한 아이지요."

나란히 놓인 낡고 작은 침대를 보면서 나는 이런 모습을 그려 보고 혼자 웃었다.

그러는 사이에 구석에 놓인 옷장 앞에서는 보기에 난처한 일이 벌어지고 있었다. 옷장 위에 있는 술병을 두고 할아버지와 할머니가 실랑이를 벌이고 있었던 것이다. 모리스를 위해 10년 동안이나 묵혀 둔 앵두 술병이었다.

할머니가 말리는데도 할아버지는 막무가내였다. 의자 위에 올라선 할아버지는 부들부들 떨면서 술병에 손을 뻗쳤다. 그 뒤에서 할머니가 덜덜 떨리는 손을 내저으면서 안절부절못하고 있었다.

열린 옷장에서는 표백하지 않은 리넨에서 풍기는 베르가모트 향기가 솔솔 흘러나와 그들과 방 안을 부드럽고 달콤하게 감싸는 듯했다.

할아버지는 어렵사리 술병을 내렸다. 그리고 모리스가 어릴 때 썼다는 아름다운 무늬가 새겨진 은잔도 꺼내 왔다.

은잔에다 앵두술을 가득 부은 할아버지는 모리스가 특히 앵두를 좋아했다면서 나에게 건넸다. 그리고 침이 넘어간다는 표정으로 은근히 말을 이었다.

"자네는 참 운이 좋아. 이걸 마시게 되었으니 말이야. 이 술은 할멈이 손수 담근 거라네. 맛이 기가 막힐 거야."

그렇지만 아쉽게도 그 술을 담글 때 할머니는 설탕을 잊은 모양이었다. 어쩌겠는가? 나이가 들면 정신이 흐려지게 마련인 것을…….

마메트 할머니! 술맛이 아주 고약한데요. 그러나 나는 그런 내색을 하지 않고 마지막 한 방울까지 다 마셨다.

식사를 마친 나는 노인들께 작별 인사를 드리려고 자리에서 일어났다. 두 분은 나와 함께 착한 손자에 대한 이야기를 더 하고 싶어했다. 그러나 갈 길이 만만치 않은 데다가 날도 이미 저물어 가고 있어서 더 이상 머무를 수가 없었다.

할아버지가 따라 일어섰다.

"임자, 내 옷 좀 주구려. 내 잠시 배웅하고 올 테니……."

할머니는 할아버지가 나를 배웅하기에는 날씨가 너무 쌀쌀하다고 생각하는 눈치였지만, 그런 내색을 드러내지는 않았다. 그저 할아버지가 외투 입는 것을 조용히 거들 뿐이었다.

"너무 늦지는 마슈."

할아버지는 일부러 심술을 부리듯 말했다.

"허, 그걸 어찌 아노?"

두 노인은 서로 마주 보며 웃음을 지었다. 소녀들도 따라 웃었다. 카나리아도 새장 속에서 웃고 있는 것 같았다.

사실 우리는 모두 앵두술 향기에 조금씩 취해 있었는지도 모른다.

밖은 이미 어둠이 내리고 있었다. 노인을 모시고 갈 소녀가 멀찌감치 떨어져서 우리 뒤를 따라오고 있었지만 할아버지는 눈치채지 못한 것 같았다. 오로지 내 팔을 붙들고 젊은이처럼 걸을 수 있다는 것을 몹시 대견스러워하는 것 같았다.

마메트 할머니는 문 앞에 서서 얼굴 가득 미소를 담은 채 그 모습들을 지켜보고 있었다. 할머니는 우리 쪽을 바라보며 마치 이렇게 말하듯이 고개를 끄덕이고 있었다.

'영감, 아직도 그렇게 꼿꼿하게 걸을 수 있구려.'

고세 신부의 술

"자, 마셔 보세요. 아마도 깜짝 놀라실 거예요."

그라보송 신부는 마치 보석공이 진주알을 세는 것처럼 조심스럽게 한 방울 한 방울씩 술을 따랐다. 향기가 그윽한 초록빛 술은 잔에 채워지자 황금빛으로 빛났다. 그 술은 내 위장을 아주 부드럽게 어루만져 주는 듯했다.

"우리 프로방스의 자랑인 고세 신부의 불로장생주입니다."

신부는 나를 보며 자랑스럽게 말했다.

"이 술은 선생님의 풍차 방앗간에서 한 20리쯤 떨어져 있는 프레몽트레 수도원에서 만든 겁니다. 이 세상 어떤 술보다도 훌륭합니다. 이 술에 관한 이야기도 아주 재미있지요. 한번 들어 보시겠습니까?"

저택의 벽에는 조그만 십자고상(십자가에 못 박힌 예수의 수난을 그린 그림이나 새긴 형상)이 걸려 있고, **빳빳하게** 풀을 먹인 하얀 커튼은 소박하면서도 깨끗한 느낌을 주었다. 신부는 나를 조용한 식당으로 안내했다. 그리고 듣기에 조금은 거북스러운 이야기를 아무 거리낌 없이 솔직하게 들려주었다.

스무 해쯤 전의 일이었다. 프로방스 사람들이 '백의의 수도사들'이라고 부르는 프레몽트레 신부들은 큰 어려움을 겪고 있었다. 누가 봐도 가슴이 아플 정도로 그들은 매우 가난했던 것이다. 덩그런 벽과 종탑은 허물어져 갔고, 수도원 여기저기엔 잡초가 우거졌다. 기둥들도 군데군데 금이 가고 벽장 속에는 부서진 성인들의 석상들이 나뒹굴었으며, 창문에는 스테인드 글라스가 하나도 남아 있지 않았고, 변변한 문짝도 찾아볼 수 없었다. 론강에서 불어오는 세찬 바람은 성당 안의 촛불을 꺼뜨렸고, 유리창의 장식을 망가뜨렸으며, 성수반의 성수를 곧잘 엎지르곤 했다. 그 가운데에서도 가장 마음을 아프게 한 것은 텅 빈 비둘기집처럼 쓸쓸한 종탑이었다. 새 종을 살 돈이 없는 신부들은 아몬드나무로 만든 캐스터네츠로 아침 기도 시간을 알려야 했다.

가엾은 백의의 신부들! 바짝 마른 몸에 낡아빠진 외투를 걸치고 줄지어 걸어가던 모습이 지금도 눈앞에 어른거린다.

맨 뒤에는 원장이 따라가고 있었는데, 그는 금칠이 벗겨진 홀장과 누렇게 변한 양털 모자가 부끄러운지 고개를 푹 숙인 채 걸어가고 있었다. 여자 신자들은 눈물을 훔치며 뒤를 따르고 있었고, 기를 든 젊은이들은 신부들을 쳐다보며 저희들끼리 쑥덕거리기도 했다.

"저렇게 몰려다니기만 해서 뭘 어쩌겠다는 거야?"

사실 그들은 차라리 뿔뿔이 흩어져 먹을 것을 구하러 다니는 게 더 낫지 않겠느냐는 논쟁을 벌이고 있었다.

어느 날, 신부들은 이 문제를 의논하기 위해 회의를 열었다. 그때 고세 신부가 끼어들었다. 수도원에서 소를 맡아 기르는 신부였다. 그는 비쩍 마른 소 두 마리를 끌고 돌 틈에 나 있는 풀을 찾아 날마다 수도원 정원을 지나다녔다. 그는 열두 살이 될 때까지 미치광이로 알려진 베공 할머니 손에서 자랐고, 그 이후에는 신부들의 손에서 자랐다. 그래서 그가 아는 것이라곤 주의 기도를 외우는 일과 짐승들을 기르는 일이 전부였다. 그의 머리는 무딘 칼처럼 둔한 편이었다. 그러나 마음껏 상상하기를 좋아했고, 믿음이 아주 강했으며, 규칙을 잘 지키고,

또한 무슨 일이나 열심히 했다.

그런 고세가 회의장으로 들어와 한 발을 뒤로 빼면서 공손히 인사를 하자 모두들 웃음을 터뜨렸다. 멍한 눈길과 볼품 없는 염소 수염, 게다가 머리까지 희끗희끗한 고세 신부가 나타나기만 하면 어디서나 웃음이 터지기 때문에 고세는 별로 아랑곳하지 않고 말했다.

"존경하는 신부님들!"

올리브색 돌로 만든 묵주를 만지작거리며 고세는 말을 이어 나갔다.

"빈 수레가 더 요란하다고 합니다. 그건 맞는 말이지요. 그러나 텅 빈 제 머릿속에도 가난을 몰아낼 방법이 있답니다. 제가 어릴 때 저를 길러 주신 베공 할머니를 아십니까? 하느님, 술주정뱅이에 상스런 노래만 불러 대던 우리 베공 할머니의 영혼을 지켜 주소서. 여러분, 베공 할머니는 코르시카에 사는 티티새보다도 약초에 대해 많이 알고 계셨습니다. 그리고 돌아가시기 전에는 약초를 가지고 놀라운 묘약을 만들어 냈지요. 저랑 같이 산에서 캐 온 약초 대여섯 가지를 섞어서 말입니다. 오래전의 일이지만 성 오거스틴의 도우심과 원장님의 허락만 있으시다면, 그 신비로운 술 만드는 방법을 찾아낼 수 있을 것입니다. 만일 그 술을 만들 수만 있다면 우리는 비싸게 팔기만 하면 되는 거예요. 그렇게 하면 우리도 다른 수도원처럼 큰 부자가……."

고세 신부는 말을 마칠 수가 없었다. 갑자기 원장 신부가 벌떡 일어나서 고세 신부의 목을 끌어안았기 때문이다. 그러자 다른 신부들도 달려 나와 그의 손을 잡았다.

재무를 맡고 있는 신부는 너무 기쁜 나머지 고세 신부의 너덜너덜한 외투깃에다 입을 맞추기까지 했다. 다시 회의를 시작한 신부들은 고세 신부가 술 만드는 법을 찾는 동안 소 기르는 일은 다른 신부에게 맡기기로 결정했다.

약간 모자란 듯한 우리 고세 신부가 어떻게 해서 베공 할머니의 술 만드는 법을 알아냈는지, 또한 그걸 알아내기 위해 얼마나 많은 낮과 밤을 보내야 했는지는 아무도 모른다. 그러나 분명한 것은 그로부터 여섯 달 뒤에 이 신비한 술이 온 세상을 떠들썩하게 만들었다는 사실이다.

아비뇽이나 아를 지방의 어느 집에서나 식료품 저장실에는 포도주와 올리브 장아찌를 담는 항아리 사이에 프로방스의 문장과 활짝 웃고 있는 신부의 모습을 그린 상표가 붙은 술병을 쉽게 찾아볼 수 있었다.

프레몽트레 수도원은 부자가 되어 갔다. 종탑이 새로 세워지고, 원장은 새 모자를 쓰게 되었으며, 성당 창문은 울긋불긋한 스테인드글라스로 화려하게 꾸며졌다. 부활절 아침에는 높은 종탑에서 크고 작은 종들이 내는 맑은 소리가 멀리멀리 퍼져 나갔다.

고세 신부는 더 이상 웃음거리가 아니었다. 오히려 수도원 안에서는 가장 많이 알고 영리한 신부로 통하게 되었다. 자잘한 성당 일에서 벗어난 고세 신부는 아예 주조장에 틀어박혀 하루 종일 술 만드는 일에만 매달렸다. 서른 명이 넘는 다른 신부들은 고세 신부가 술을 만드는 데 필요한 약초를 캐러 날마다 산속을 헤매고 다녔다.

정원 맨 끝에 있는 낡은 건물을 주조장으로 사용하였는데, 그곳은 원장 신부도 마음대로 드나들 수가 없었다. 신부들은 그곳에서 신비한 힘이 우러나오는 걸 느꼈다. 호기심 많은 젊은 신부들이 가끔 포도덩굴을 타고 창문 가까이 올라가 안을 들여다보곤 했으나, 그때마다 화로 위로 몸을 굽히고 있는 고세 신부를 발견하곤 깜짝 놀라 굴러 떨어지곤 했다. 마법사처럼 길게 수염을 기른 고세 신부 손에는 항상 저울이 들려 있었으며, 주위에는 분홍색 증류기와 증류관, 뱀 모양의 유리관 따위가 유리창으로 새어든 빛을 받아 신비롭게 빛나고 있었다.

해가 질 무렵, 저녁 종소리가 울리면 고세 신부는 미사를 보기 위해 그 신비로운 문을 열고 밖으로 나왔다. 성당으로 가는 길은 꿍장했다. 길목마다 고세 신부를 환영하는 수도사들이 줄을 지어 서 있었다.

"이분이 바로 술 만드는 비법을 지니신 분이야."

고개를 숙인 채 뒤를 따라다니는 재무 담당 신부는 연신 작은 목소리로 속삭였다. 그러나 고세 신부는 그런 아첨 따위는 아랑곳없다는 듯 삼각모자를 등 뒤에 붙인 채 의젓하게 걸었다. 그러면서 만족한 듯이 주위를 둘러보곤 했다.

오렌지나무들로 가득 찬 정원과 새 바람개비가 힘차게 돌고 있는 초록색 지붕, 꽃이 만발한 뜰 안에서 멋진 새 옷 차림으로 짝을 지어 걷고 있는 수도사들…….

'이게 모두 내 덕이야.'

고세 신부는 우쭐해졌다. 그런데 그런 마음은 끝내 좋지 않은 결과를 가져오고야 말았다. 과연 무슨 일이 일어났는지 알아보기로 하자.

어느 날 저녁 미사 시간이었다. 한창 미사를 보고 있는데 고세 신부가 헐레벌떡 성당 안으로 뛰어 들어왔다. 그는 흐트러진 옷차림에 얼굴은 벌겋게 물들어 있었으며, 소매는 성수로 흠뻑 젖어 있었다. 사람들은 고세 신부가 미사 시간에 늦었기 때문에 허둥대느라 그런 줄 알았다. 그러나 그게 아니었다. 그는 제단이 아니라 풍금과 설교대를 향해 절을 하더니 자기 자리를 찾느라 한참을 서성이다가 겨우 자리에 앉아서는 벙긋벙긋 웃음을 흘렸다. 그리고 절레절레 고개를 흔들어 댔다. 고세 신부의 해괴한 행동으로 성당 안은 술렁거리기 시작했다.

"이게 무슨 일이지? 우리 고세 신부님이 말이야."

원장 신부가 두 번이나 지팡이로 바닥을 내리치면서 조용히 하라고 외쳤으나 소란은 그치지 않았다. 합창 소리도 기운이 빠져 있었다.

그때 갑자기 고세 신부가 바닥으로 굴러 떨어지더니 커다란 소리로 노래를 부르기 시작했다.

백의 신부 한 사람이 파리에 살았다네.
파타텡 파타텡, 파타라벵 타라방

사람들은 깜짝 놀라 눈이 휘둥그레졌다. 그리고 모두 자리에

서 벌떡 일어났다.

그때 누군가가 큰 소리로 외쳤다.

"어서 끌어내요! 악마에게 홀린 게 틀림없어요!"

신자들은 성호를 긋느라 바빴고 원장 신부는 지팡이만 흔들어 댔다.

그러나 고세 신부는 아무것도 안 보이고 아무 소리도 들리지 않는 듯했다. 할 수 없이 힘센 수도사 둘이 그를 밖으로 끌어냈지만, 그때까지도 고세 신부는 '파타텡 타라방' 노래를 부르고 있었다.

이튿날 새벽, 고세 신부는 원장 신부 앞에 무릎을 꿇은 채 눈물을 쏟고 있었다.

"그 술 때문이었어요. 저를 이렇게 만든 건 바로 그 술이라고요, 원장님!"

원장 신부는 너무나 간절하게 뉘우치는 고세 신부를 보자 그만 감동을 하고 말았다.

"걱정 말아요, 고세 신부. 그건 그렇게 큰 잘못이 아니에요. 곧 잊어버리게 되겠지요. 그렇지만 노래는 좀 심했어요. 제발 믿음이 약한 사람들 귀에는 들어가지 않았으면 좋겠는데……. 그런데 왜 그런 거요? 혹시 술맛을 보다가 그게 지나쳐서 그렇게 되었소? 그래요, 나는 이해해요. 화약을 발명한 슈바르츠 신부처럼 자신이 만든 발명품에 오히려 피해를 본 것 같은데, 어때요? 꼭 저 고약한 술맛을 고세 신부가 직접 봐야 하는 겁니까?"

"그렇습니다, 원장님. 다른 방법이 없습니다. 술의 도수와 섞는 양을 알아내는 것은 시험관으로도 충분하지만 감칠맛 나는 맛을 알아내기 위해서는 반드시 제 혀를 사용해야만 하거든요."

"아, 그렇군요. 그런데 혀끝을 대보면 술맛이 좋습니까? 정말로 술을 마시면 기분이 좋아지나요?"

"네, 원장님."

고세 신부의 얼굴이 빨갛게 달아올랐다.

"지난 이틀 밤엔 어쩐 일인지 맛과 향이 그렇게 좋을 수가 없었습니다. 아마도 악마들이 제게 속임수를 쓴 것 같아요……. 그래서 말씀을 드리는 건데, 앞으론 절대로 혀끝에 술을 대지 않겠습니다. 맛이 나건 말건, 진주 같은 거품이 생기건 말건 알 바 아니지요."

그러자 원장 신부가 황급히 말을 막았다.

"그래서는 안 되지요! 우리 고객들에게 실망을 주어서는 안

됩니다. 그리고 한 번 실수를 하셨으니 다시는 같은 실수를 뒤풀이하진 않겠죠? 대체 어느 정도 맛을 봐야만 알 수 있는 건가요? 열다섯 방울? 아니, 스무 방울이면 될까요? 그래, 스무 방울로 정하죠. 그 정도라면 아무리 고약한 마귀라도 어쩔 수 없을 거요. 그리고 혹시 또 실수를 할지도 모르는 일이니 앞으로는 아예 성당에 나오지 말도록 하세요. 기도는 주조장 안에서 하면 됩니다. 그러니 앞으로는 마음 놓고 술 방울 세는 일이나 실수하지 않도록 하세요."

그렇지만 원장 신부의 당부는 별 소용이 없었다. 아무리 술 방울을 잘 세어 보려고 했지만, 악마가 끝내 놓아 주지를 않았던 것이다. 주조장 안에서는 괴상한 기도가 종종 흘러나오곤 했다.

낮에는 그런 대로 별 탈 없이 지나갔다. 화로와 증류기 곁에서 여러 가지 모양의 약초들을 쓰임새별로 분류하는 데 많은 시간을 보냈던 것이다. 그러나 저녁이 되고, 커다란 구리 냄비 속에서 약초가 달여지면서 따뜻하게 데워진 술이 방울방울 내리면 고세 신부의 괴로움이 시작되었다.

"……열일곱, 열여덟, 열아홉, 스물!"

유리관을 통해 황금빛 잔으로 떨어진 스무 방울의 술은 단숨

에 고세 신부의 목구멍으로 넘어갔다. 그러나 성이 차지 않았다. 스물한 번째의 술 방울이 주는 그 달콤한 맛이라니! 고세 신부는 떨어지고 있는 술 방울을 애써 외면한 채 한쪽 구석으로 달려가 무릎을 꿇고 기도를 드렸다.

그러나 코끝을 따라다니는 달콤한 술 향기가 결국은 그를 냄비 쪽으로 데려가고 말았다. 황금빛이 도는 푸르스름한 액체, 고세 신부는 코를 벌름거리며 유리 막대로 살살 저었다. 문득 환하게 비쳐 보이는 에메랄드빛 액체 속에서 자신을 보며 웃고 있는 베공 할머니의 얼굴이 떠올랐다.

"아무도 없지 않니? 어서 한 방울만 더 맛보려무나."

한 방울, 두 방울, 세 방울……. 결국 술잔에는 술이 가득 차고 말았다. 잔뜩 술에 취한 고세 신부는 의자에 몸을 살며시 기댔다. 마음은 뉘우침으로 가득 찼으나 기분은 그리 나쁘지 않았다.

"아, 나는 지옥 불에 던져질 거야. 아……."

그런데 더 고약한 일은 어찌된 셈인지 베공 할머니가 평소에 흥얼거리던 상스런 노래가 모조리 생각나는 것이었다. 술에 취한 고세 신부는 밤새도록 큰 소리로 그 노래를 불렀다.

다음 날 아침, 다른 수도사들이 이렇게 놀려 댔다.

"고세 신부, 어젯밤 자네 머릿속엔 도대체 매미가 몇 마리나 들어 있었나?"

고세 신부는 얼굴을 들지 못했다. 진정으로 뉘우치고 또 뉘우쳤다. 눈물을 펑펑 쏟고, 음식도 멀리한 채 간절하게 기도도 올렸다. 그리고 고행복을 입고 엄격하게 규칙을 지키면서 악마의 유혹에서 벗어나고자 애를 썼다. 그러나 모두 헛일이었다. 저녁 시간만 되면 악마는 여지없이 고세 신부를 찾아왔던 것이다.

그러는 동안에도 술에 대한 주문은 늘어가기만 했다. 님, 아비뇽, 마르세유 등지에서 주문이 왔다.

수도원은 차차 술 공장이 되어 갔다. 술병에 상표만 붙이거나, 포장만 하거나, 장부를 정리하거나, 옮기는 일을 따로 맡아하는 수도사들도 생겼다. 그러다 보니 미사 보는 일도 게을러져서 때로는 기도 시간을 알리는 종을 치는 것도 잊어버리곤 했다. 하지만 가난한 신자들에게는 그런 것쯤은 아무 문제도 되지 않았다.

어느 일요일 아침, 많은 신자들이 미소를 지으면서 살림을 맡은 신부의 결산 보고를 듣고 있을 때였다. 갑자기 고세 신부가 성당 안으로 뛰어 들어오더니 다짜고짜 큰 소리로 이렇게 말했다.

"난 더 이상 못하겠어요. 이제 그만둘 테니 다시 내 소를 돌려주시오."

"아니, 무슨 일이오? 고세 신부."

어느 정도 이유를 알고 있는 원장 신부가 당황해서 물었다.

"무슨 일이냐고요? 지금 저는 지옥 불에 떨어져야 마땅할 죄를 짓고 있어요. 술을 끊을 수가 없단 말입니다. 날마다 술주정뱅이처럼 술을 마시고 있다고요!"

"고세 신부! 그 문제라면 지난번에 내가 말한 것이 있지 않소? 술 방울을 세면서 맛보라고 말이오."

"물론 그렇게 말씀하셨지요. 처음에는 한 방울 한 방울 세면서 맛을 보았지요. 그런데 지금은 어떻게 된 줄 아세요? 한 방울 두 방울이 아니라 한 잔 두 잔이 되었다고요. 이제는 날마다 세 병은 마셔야 견딜 수가 있어요. 언제까지 이래야 하죠? 제발 다른 사람에게 일을 맡겨 주세요. 그렇지 않으면 저는 죽어 버릴 수밖에 없다고요."

아무도 웃는 사람이 없었다.

"이보시오, 고세 신부! 이제 와서 그런 말을 하다니……. 아예 우릴 망칠 셈이오?"

재무 담당 신부가 장부를 흔들며 외쳤다.

　"그럼 내가 지옥 불에 떨어져도 좋단 말이오?"

　그때 원장 신부가 일어섰다.

　"아, 좋은 방법이 있어요. 고세 신부, 악마가 당신을 괴롭히는 시간은 밤이지요?"

　"네, 맞습니다. 밤만 되면 손이 떨리고 식은땀이 납니다."

　"그렇다면 됐어요. 이젠 안심해요. 내일부터 우리는 저녁 기도 시간마다 고세 신부를 위해 성 아우구스티누스의 기도문을 외우겠어요. 그럼 무슨 일을 해도 괜찮을 거요. 그 기도문에는 절대적인 사면의 말이 들어 있지요. 그러니까 무슨 일이 일어나더라도 당신은 보호를 받게 될 겁니다."

　"아, 그럼 되겠군요. 감사합니다, 원장 신부님."

　고세 신부는 기쁜 얼굴로 다시 주조장으로 돌아갔다.

　그 뒤로 저녁 미사 시간만 되면 원장 신부는 단 한 번도 거르지 않고 이렇게 기도했다.

　"우리 수도원을 위해 영혼을 희생하고 있는 가련한 고세 신부를 위해 다 같이 기도합시다."

　떨리는 기도 소리가 어두운 성당 안을 잔잔하게 채우고 있을 때 성당 끝 주조장 창문 너머에서는 고세 신부가 부르는 커다란 노랫소리가 멀리까지 울려 퍼졌다.

백의 신부 한 사람이 파리에 살았다네.
파타텡 파타텡, 파타라벵 타라방…….
백의 신부 한 사람이 파리에 살았다네.
어린 수녀들이 그의 명령으로 춤을 춘다네.
손에 손을 잡고 정원을 빙빙 돌면서
파타텡 파타텡, 파타라벵 타라방…….

여기까지 이야기를 하고 난 그라보송 신부는 걱정이라는 듯
이 중얼거렸다.
"아, 이런 이야기가 신자들에게 알려지면 안 되는데……."

소년 간첩

　사람들은 그 아이를 '스텐느' 또는 '꼬마 스텐느'라고 불렀다. 핏기 없는 얼굴에 바짝 마른 몸은 열 살쯤 되어 보였으나, 가끔 열댓 살이 더 된 것처럼 보이기도 했다. 하기야 그만한 또래의 아이들은 나이를 종잡기가 어려운 법이다.

　아이의 어머니는 일찍 세상을 떠났고, 아버지는 해군 출신으로 탕플가에 있는 작은 공원의 관리인이었다. '종종걸음 사람들'―마차를 피해 인도 주변의 화단으로 위태롭게 몰려다니는 하녀들이나, 접이식 의자를 들고 다니는 노인들, 또는 가난한 부인들이나 아이들을 사람들은 그렇게 불렀다.―은 누구나 스텐느 영감을 잘 알고 있었고, 또 그를 매우 좋아했다. 무시무

시하게 보이는 콧수염은 불량배들이나 강아지들을 꼼짝 못 하게 했지만, 입가에는 항상 따뜻하고 부드러운 미소가 맴돌고 있었다.

사람들은 그 미소가 보고 싶을 때 '아드님은 잘 있지요?'라고만 말하면 된다는 것도 알고 있었다.

그만큼 스텐느 영감은 아들을 사랑했다. 저녁 무렵 학교에서 돌아온 아들과 함께 공원 이곳저곳을 돌아다니면서 아는 사람

을 만날 때마다 일일이 인사를 나누는 것이 그렇게 행복할 수
가 없었다.

그런데 파리가 포위(프러시아 군인들에 의해 포위되었다.)되자 모
든 것이 변하고 말았다. 문이 닫힌 공원은 석유통을 쌓아 놓는
저장소가 되어 버렸다. 그래서 스텐느 영감은 하루 종일 아무
도 찾지 않는 쓸쓸한 공원에서 담배도 피우지 못하고 석유통
만 지키게 되었다. 그러자니 밤늦게 집에 돌아가서야 겨우 아
들의 얼굴을 볼 수 있었다. 그때문에 그가 프러시아 군대를 욕
할 때마다 흔들리는 콧수염은 참으로 볼 만한 구경거리였다.

그러나 꼬마 스텐느는 별로 불편한 게 없었다. 포위는 오히
려 신나는 일이었다. 학교가 문을 닫는 바람에 스텐느는 날마
다 노는 게 일이었다. 거리는 언제나 시장처럼 어수선했다.

꼬마 스텐느는 종일 밖을 쏘다녔다. 그러다 보니 행진하는
부대를 따라다니면서 어느 부대가 가장 멋지게 군악을 연주하
는지도 훤히 알 수 있게 되었다.

"96대대보다는 55대대 악대가 훨씬 나아."

스텐느는 가끔 그렇게 중얼거렸다.

어떤 날은 기동대를 따라가 훈련을 지켜 보기도 했고, 어떤
날은 배급을 타러 가기도 했다. 푸줏간이나 빵집에는 이른 아

침부터 많은 사람들이 길게 줄을 서 있었는데, 꼬마 스텐느는 가스등마저 꺼진 추운 날씨에도 발을 동동거리며 긴 줄 속에 끼어 있곤 했다. 사람들은 전쟁 이야기뿐만 아니라 정치 이야기도 곧잘 나누었다.

사람들은 꼬마가 스텐느 아저씨의 아들이라고 해서 그의 의견을 물어보기도 하였다. 그러나 무엇보다도 가장 재미있는 것은 코르크 게임이었다. 그것은 기동대원들이 퍼뜨려 놓은 '갈로슈' 게임이었다.

꼬마 스텐느가 방어 진지나 빵집 부근에서 보이지 않으면 언제나 사토나 광장에 있는 갈로슈 게임장에 가면 찾을 수 있었다. 그러나 그가 게임을 하는 건 아니었다. 돈이 많이 드는 게임이었기 때문에 그냥 구경만 할 수밖에 없었다.

게임장에는 유난히 꼬마 스텐느의 눈길을 끄는 소년이 있었다. 큰 키에다가 푸른색 바지를 입은 그 소년은 게임을 할 때마다 언제나 5프랑짜리 은화를 걸었다. 그가 달릴 때면 바지춤에서 쩔렁쩔렁하는 은화 소리가 크게 울렸다.

어느 날, 꼬마 스텐느의 발 밑으로 굴러 온 은화를 주우면서 키다리 소년이 은근한 목소리도 말했다.

"갖고 싶니? 좋아, 네가 원한다면 어디서 이 돈이 생겼는지

가르쳐 줄 수 있어."

게임이 끝나자 키다리는 꼬마 스텐느를 광장 모퉁이로 끌고 갔다. 그런 뒤 프러시아 군인들에게 신문을 팔러 가자고 은근히 꾀었다. 한 번 갈 때마다 30프랑 정도는 벌 수 있다는 것이었다. 화가 난 꼬마 스텐느는 거절했다. 그리고 사흘이나 게임장에 나가지 않았다.

그러나 그 사흘이라는 시간은 그에게는 너무나 괴로운 나날들이었다. 밤만 되면 코르크가 침대 밑으로 늘어서고, 번쩍거리는 은화가 줄을 잇는 꿈에 시달리곤 했다.

사흘째 되는 날, 마침내 스텐느는 키다리를 찾아 광장으로 나서고야 말았다.

눈 내리는 어느 날 아침, 둘은 신문을 옷 속에다 감추고 어깨에 자루 하나씩을 둘러멘 채 길을 나섰다. 플랑드르 성문에 이를 때쯤 어둠이 완전히 걷혔다.

키다리는 꼬마 스텐느의 손을 잡고 코가 빨갛고 마음씨 좋아 보이는 부대 감시병 앞으로 다가가서 슬픈 목소리로 말했다.

"들어가게 해 주세요……. 엄마가 몹시 아파요……. 우리 아버지는 일찍 돌아가셨어요……. 감자라도 있으면 캐 오려고 동생을 데리고 온 거예요."

키다리의 눈에서는 눈물이 뚝뚝 떨어지고 있었다.

꼬마 스텐느는 너무나 부끄러워서 고개를 들 수조차 없었다. 감시병은 안됐다는 듯 잠시 두 사람을 살피더니 인적 하나 없이 하얀 눈에 덮여 있는 길을 바라보며 말했다.

"좋아. 얼른 지나가렴!"

그들은 오베르빌리에 쪽으로 접어들었다. 키다리는 웃고 있었다.

꼬마 스텐느는 꿈을 꾸고 있는 듯한 표정으로 사방을 둘러보았다. 군대 막사로 변해 버린 공장들, 누더기를 걸쳐 놓은 장애물들, 안개를 뚫고 하늘로 높이 치솟아 있는 굴뚝들이 눈에 들어왔다. 군데군데 서 있는 보초들과 망원경으로 먼 곳을 감시하고 있는 장교들의 모습도 보였고, 다 꺼져 가는 모닥불 뒤로 눈을 뒤집어쓰고 있는 천막들도 눈에 띄었다.

키다리는 길에 익숙한 듯 보초들을 피해 밭을 가로질러 앞으로 나아갔다. 그러나 한 곳만큼은 피할 수가 없었다. 그만 의용군 초소와 맞닥뜨리고 만 것이었다. 의용군들은 방수복 차림으로 철로 옆에 길게 파 놓은 구덩이 속에 웅크리고 있었다. 이번에는 키다리의 사정도 잘 통하지 않았다.

한참 옥신각신하고 있는데 한 늙은 상사가 다가왔다. 그는 머리가 하얗고 얼굴은 주름살투성이였는데, 꼬마 스텐느의 아버지와 많이 닮아 보였다.

"그래, 그래. 알았으니까 이제 그만들 해라. 감자밭에 가게 해 주지……. 우선 이리 와서 몸이나 좀 녹이렴. 저 꼬마는 꽁꽁 얼어 버렸구나."

그러나 꼬마 스텐느가 떨고 있는 것은 추워서가 아니었다. 두렵기도 했지만 너무나 부끄러웠기 때문이었다.

막사 안에는 의용군들이 꺼져 가는 불을 에워싸고 총검 끝에 비스킷을 꽂아 녹이고 있었다. 그들은 간격을 좁혀 앉을 자리를 만들어 주고는 따뜻한 커피도 조금씩 나누어 주었다.

그때 장교 한 명이 들어와 상사에게 귀엣말로 몇 마디 하더니 곧 사라졌다.

"흠, 오늘 저녁은 신나겠는걸. 프러시아 놈들의 암호를 알아냈다는군. 이번에는 틀림없이 부르제를 다시 빼앗을 수 있을 거야!"

갑자기 만세와 박수 소리가 터져 나왔다. 깡충깡충 뛰는 사람, 바쁘게 총검을 손보는 사람들로 막사 안은 금세 북새통이 되었다.

그 틈을 타 두 아이는 재빨리 그곳을 빠져나왔다. 막사를 지나자 평평한 들판이 나타났다. 그 가운데쯤에 총 쏘는 구멍이 군데군데 뚫려 있는 긴 담이 세워져 있었다. 두 아이는 감자를 줍는 체하며 멈칫멈칫 담 앞으로 나아갔다.

"그냥 돌아가는 게 좋겠어······. 돌아가자."

꼬마 스텐느가 계속 졸라 댔지만 키다리는 들은 척도 하지 않고 앞으로 나아갔다.

그때 갑자기 철커덕 하며 총알을 재는 소리가 들렸다.

"엎드렷!"

키다리가 땅에 납작 엎드리며 말했다. 그러더니 휘파람을 불었다. 그러자 대답이라도 하듯 다른 쪽에서 휘파람 소리가 들려왔다. 둘은 천천히 눈 위를 기어갔다.

담 아래에 다다르자 더러운 베레모를 쓴 노란 콧수염의 군인 두 명이 불쑥 나타났다. 키다리는 참호 안으로 훌쩍 뛰어내리더니 프러시아 군인들에게 말했다.

"저 애는 제 동생이에요."

프러시아 군인들은 키가 작아서 너무 귀엽다는 듯 껄껄껄 웃으며 꼬마 스텐느를 번쩍 안아 올려 총 구멍에 눈이 닿게 해 주었다.

담 건너편에는 흙더미와 쓰러진 나무들이 보였고, 노란 콧수

염을 기른 프러시아 군인들도 많이 보였는데, 그들은 지나가는 아이들을 보고 웃고 있었다.

한 구석에는 정원사가 사는 통나무집이 있었다.

아래층에서 프러시아 군인들이 트럼프를 하고 있었는데, 양배추와 돼지기름 냄새가 구수하게 풍겼다.

좀 전에 지나온 의용군들의 막사와는 너무나 다른 모습이었다. 위층에서는 장교들이 피아노를 치거나 샴페인을 터뜨리고 있었다.

키다리와 꼬마 스텐느가 들어서자 군인들은 와- 소리를 지르면서 손뼉을 쳤다. 두 아이는 숨겨 가지고 온 신문을 꺼냈다. 군인들은 포도주를 권하면서 될 수 있는 대로 많은 이야기를 듣고자 했다.

그들은 모두 자신만만한 표정으로 거만하게 앉아 있었다.

키다리는 파리 근방에 사는 사람들이 자주 쓰는 거칠고 재미있는 말투로 그들을 즐겁게 해 주었다. 군인들은 키다리의 말투를 흉내 내면서 어두운 파리의 정보를 전해 주는 파리 소년의 이야기를 낄낄거리며 즐기고 있는 것이었다.

꼬마 스텐느는 자기도 무슨 말인가 해서 바보가 아니라는 걸 알려 주고 싶은 생각이 들었다. 그러나 부끄러워서 그럴 수가 없었다.

스텐느 바로 앞에 장교 한 사람이 책을 들고 앉아 있었다. 다른 군인들보다 나이도 많고 또 점잖아 보였는데, 꼬마 스텐느에게서 시선을 떼지 않는 것으로 보아 책을 읽고 있는 것은 아닌 듯했다. 겉으로 고약하게 보이는 그의 눈초리에는 꾸짖음이나 비웃음이 들어 있는 것도 같고, 어찌 보면 몹시 안쓰러워하는 것 같기도 했다.

그는 자기 고향에 있는, 스텐느처럼 어린아이를 떠올리면서

'내 아이가 저런 짓을 한다면 차라리 죽어 버리는 게 나을 거야.'라고 생각하고 있는 듯했다.

그 순간부터 꼬마 스텐느는 심한 고통을 느꼈다. 누군가가 숨도 못 쉬게 자기 심장을 내리 누르고 있는 것 같았다. 고통에서 벗어나려고 술을 마셔 보았다. 그러자 곧 온몸이 노곤해지면서 사방이 빙글빙글 돌기 시작했다. 몽롱한 가운데에서도 키다리의 신나는 목소리가 크게 들려왔다.

키다리는 국민병들의 훈련 모습이나 마레에서 실시한 무장 집합, 또는 비상 소집 등을 우스꽝스럽게 흉내 내면서 비웃고 있었다.

이윽고 키다리의 목소리가 갑자기 낮아지더니 장교들이 소년을 향해 바짝 다가앉는 모습이 눈에 띄었다. 키다리가 철딱서니 없이 의용군이 공격해 올 것이라는 사실을 털어놓고 있었다.

꼬마 스텐느는 정신이 번쩍 들었다.

"그건 안 돼! 난 그런 말 하는 거 싫단 말이야."

꼬마 스텐느가 외쳤지만 키다리는 막무가내였다.

키다리의 말이 채 끝나기도 전에 장교들은 일제히 자리를 박차고 일어섰다.

한 장교가 문 쪽을 가리키며 소리쳤다.

"야, 너희들 문밖으로 꺼져 버려!"

그리고는 저희들끼리 독일말로 이야기를 주고받았다.

키다리는 군인들로부터 받은 은화를 쩔렁거리며 마치 대통령이라도 된 것처럼 거드름을 피우면서 걸어 나왔다.

꼬마 스텐느는 고개를 푹 숙인 채 아무 말 없이 뒤를 따랐다. 눈초리가 고약한 군인 옆을 지나면서 스텐느는 그 군인이 작은 소리로 중얼거리는 말을 들었다.

"그러면 못써, 그런 짓은 나쁜 일이야."

꼬마 스텐느의 눈에 눈물이 가득 고였다.

다시 벌판으로 나온 그들은 왔던 길을 되짚어 힘껏 달렸다. 자루에는 프러시아 군인들이 준 감자가 가득했기 때문에 아무 의심도 받지 않고 의용군들의 막사 근처까지 올 수 있었다. 의용군들은 저녁 공격 준비를 하고 있었다.

군인들은 발소리를 죽이며 담벽 밑으로 모여들었고, 늙은 상사는 신나는 표정으로 부하들을 배치하고 있었다. 그는 지나가는 키다리와 꼬마 스텐느를 알아보고 다정하게 미소까지 보내 주었다.

아, 그러나 늙은 상사의 미소는 꼬마 스텐느의 가슴을 몹시

아프게 했다. 꼬마 스텐느는 큰 소리로 외치고 싶었다.

'그쪽으론 가지 마세요! 우리가 배신했어요!'

그러나 그건 생각뿐이었다.

"만일 이 일이 알려지면 어찌 되는 줄 알아? 우린 당장 총살되고 말 거야."

키다리의 엄포가 입을 꼭 막아 버렸던 것이다.

쿠르뇌브에 이르자 그들은 어느 빈 집으로 들어가 프러시아 군인들에게서 받은 은화를 똑같이 나누었다.

스텐느는 주머니 속에서 쩔렁대는 은화 소리를 들으면서 이제 재미있는 코르크 게임을 마음대로 할 수 있을 것이라고 생각했다. 그러자 지금까지 저지른 죄가 별것이 아니라는 생각이 들면서 마음이 많이 가라앉았다.

그러나 성문을 지나고 키다리와도 헤어져 혼자 남게 되자 사정은 달라졌다. 주머니 속의 은화는 바윗돌처럼 무거워지고 가슴은 또 누군가 억누르는 것처럼 답답해졌다. 거리의 모습도 예전과 달라 보였으며, 오가는 사람들이 모두 자기만 눈여겨보는 것 같았다. 그뿐만이 아니었다. 굴러가는 바퀴 소리나 줄을 지어 행진 연습을 하는 고수들의 북소리가 자신을 향해 '간첩'이라고 외쳐 대는 것 같았다.

집에 돌아와 보니 다행스럽게도 아버지는 아직 보이지 않았다. 꼬마 스텐느는 침실로 달려가 무거운 은화부터 베개 밑에 감추었다.

저녁 늦게 돌아온 아버지는 그날따라 아주 기분이 좋아 보였다. 지방으로부터 나라 사정이 조금이나마 좋아지고 있다는 소식을 듣고 들어온 것이었다. 저녁을 먹으면서도 연신 벽에 걸린 총을 쳐다보곤 하던 아버지는 웃으면서 이렇게 말했다.

"네가 조금만 더 컸더라도 저 프러시아 놈들을 쳐부수러 나갈 수 있었을 텐데……."

여덟 시쯤 되자 대포 소리가 들려왔다.

"오베르빌리에 쪽이구나……. 부르제에서 전투가 벌어진 모양이다."

전투에 대해서는 훤히 꿰고 있는 아버지가 낮은 목소리로 중얼거렸다. 얼굴이 하얗게 질린 꼬마 스텐느는 피곤하다는 핑계를 대고 일찍 잠자리에 들었다. 그러나 잠을 이룰 수가 없었다. 대포 소리는 계속해서 들려왔다. 컴컴한 어둠 속으로 프러시아 군대를 습격하러 갔다가 도리어 그들에게 기습을 당해 무너지는 프랑스 의용군들의 모습이 떠올랐다. 눈으로 덮여 있는 벌판에는 얼마나 많은 의용군들의 주검이 널려 있을

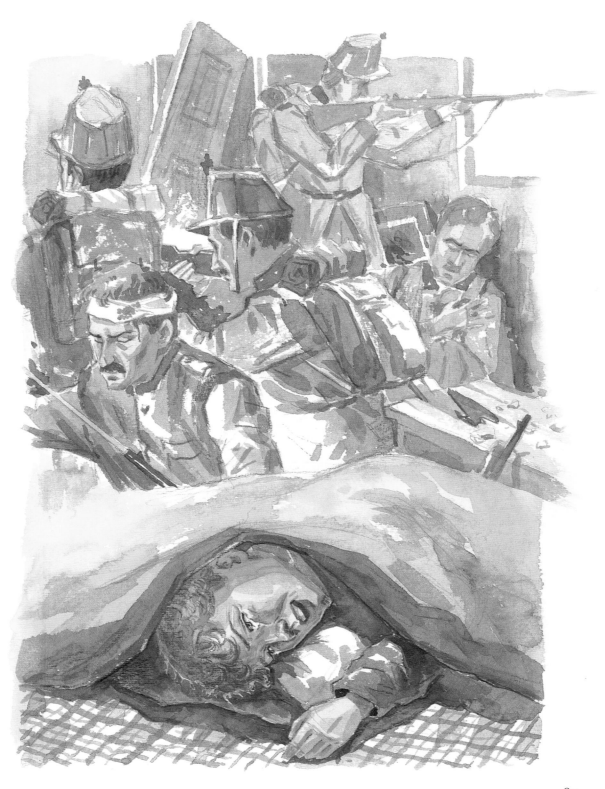

까……. 바로 그 많은 피의 대가가 지금 자신의 베개 밑에 감추어져 있는 것이었다. 다른 사람도 아닌 바로 스텐느 영감의 아들인 자신이 그런 엄청난 일을 저지른 것이었다. 꼬마 스텐느는 눈물을 줄줄 흘렸다. 그리고 숨을 쉴 수 없을 만큼 가슴이 답답해 왔다.

옆방에서는 서성거리는 아버지의 발소리와 창문을 여닫는 소리가 들렸다. 아래쪽 광장에서는 군인들의 집합을 알리는 나팔 소리와 싸움터로 나가는 군인들을 부르는 힘찬 번호 소리도 들려왔다. 정말로 전투가 벌어진 모양이었다.

꼬마 스텐느는 기어코 울음을 터뜨리고 말았다.

"어찌된 일이냐?"

스텐느 영감이 놀라서 방으로 들어왔다.

꼬마 스텐느는 침대에서 내려와 아버지 발밑에 무릎을 꿇었다. 그 바람에 베개 아래 감추어 두었던 은화가 바닥으로 쏟아져 내렸다.

"이, 이게…… 무슨 돈이냐, 훔쳤냐?"

깜짝 놀란 스텐느 영감이 떨리는 목소리로 물었다.

꼬마 스텐느는 울면서 그동안의 일을 모두 털어놓았다. 다 말하고 나자 답답했던 가슴이 트이는 것도 같고, 무거운 짐을 벗어 버린 것 같은 느낌도 들었다.

아들이 말을 마치자 굳은 표정으로 이야기를 듣고 있던 스텐느 영감은 얼굴을 감싸쥐더니 끝내 울음을 터뜨리고 말았다.

"아버지, 아버지……."

매달리는 아들을 밀쳐내고 스텐느 영감은 바닥에 흩어진 은화들을 모두 주웠다.

"이게 전부냐?"

스텐느는 고개를 끄덕였다.

스텐느 영감은 벽에 걸린 총과 탄약통을 집어 들더니 은화를 호주머니에 담으면서 말했다.

"이걸 돌려주고 오마."

그러고는 입을 꾹 다문 채 층계를 내려가 어둠 속에서 출발하는 기동대원들 속에 끼어들었다.

그 뒤로 아무도 스텐느 영감을 볼 수 없었다.

코르니유 영감님의 비밀

프랑세 마마이 할아버지는 종종 우리 집에 들러 재미있는 이
야기를 들려주곤 했다. 그날 밤에도 나를 찾아와 포도즙을 마
시면서 한 편의 이야기를 들려주었다.

그것은 이십여 년이나 지난 옛날 일이었지만, 바로 내가 살
고 있는 이 풍차 방앗간에서 일어난 이야기여서 아주 흥미로
웠을 뿐만 아니라 매우 감동적이었다.

자, 독자 여러분도 그윽한 포도즙 향기를 맡으면서 피리 부
는 할아버지의 이야기를 직접 듣고 있다는 생각으로 상상의
세계로 들어가 보기 바란다.

이 고장도 옛날에는 지금처럼 쓸쓸한 곳이 아니었어요. 밀가루 방앗간이 잘될 때에는 사방 백 리 안팎에 사는 농부들이 다 모여들어 북새통을 이루었으니까요.

이 근방 언덕에는 풍차 방앗간들이 즐비했어요. 어디를 보나 솔밭에서 불어오는 바람을 받아 힘차게 돌아가는 풍차 날개와 등에다 짐을 싣고 힘겹게 오르내리는 나귀들뿐이었어요. 어떤 때는 일주일 내내 채찍 소리와 펄럭거리며 돌아가는 풍차 날개 소리, 그리고 일꾼들이 나귀를 부리느라 '이랴, 이랴!' 외쳐 대는 소리로 가득했지요. 참으로 즐거운 풍경들이었어요.

일요일만 되면 우리는 모두 풍차 방앗간으로 몰려갔어요. 그러면 으레 풍차 방앗간 주인들이 포도주를 내왔지요. 레이스로 장식된 숄을 두르고 황금 십자가를 목에 건 안주인들은 마치 여왕처럼 아름다웠답니다.

그럴 때면 나는 꼭 피리를 가져갔어요. 그리고 해가 질 때까지 어울려 춤을 추곤 했지요. 풍차 방앗간은 그야말로 우리들에겐 없어서는 안 될 천국 같은 곳이었답니다.

그런데 이걸 어쩝니까. 불행하게도 타라스콩에 증기 방앗간이 서게 된 것이에요. 그러니 어떻게 되었겠어요? 새것이라면 무조건 좋아하는 사람들이 모두 그쪽으로 몰려갈 수밖에요.

풍차 방앗간들은 서리를 맞고 만 거지요.

한동안은 풍차 방앗간들이 온갖 힘을 다 써 봤지만 별 수가 없었지요. 하나씩 둘씩 불쌍하게 되고 말았답니다.

귀여운 노새들은 자취를 감추고, 여왕처럼 아름다웠던 방앗간 안주인들은 황금 십자가를 내다 팔았지요.

향기로운 포도주를 마실 수도 없고, 더 이상 춤도 출 수가 없게 되었어요. 바람이 아무리 불어와도 풍차 날개는 꼼짝도 안 했습니다. 그러자 마을 사람들은 이젠 쓸모없이 버려진 방앗간들을 부수고 그 자리에다 포도나무와 올리브나무를 심었습니다.

그런데 그중에 증기 방앗간과 맞서듯 힘차게 돌아가고 있는 풍차 방앗간이 한 채 있었어요. 바로 우리가 이야기하고 있는 이 방앗간이었죠.

방앗간 주인인 코르니유 영감님은 육십 년 동안이나 밀가루 속에서 살아온 분이었어요. 그런데 갑자기 들어선 증기 방앗간이 영감님을 미치게 만들었어요. 거의 일주일 동안이나 마을을 돌아다니면서 증기 방앗간이 나라를 망하게 만들 거라고 외쳐 댔지요.

"저 녀석들에게 가면 절대로 안 돼. 저 녀석들은 빵을 만드는 데 증기를 쓰고 있어. 증기는 악마가 만들어 낸 거야. 우리는 바람을 이용해서 일하고 있소. 바람이야말로 하느님이 주신 입김이란 말이오!"

코르니유 영감님이 그토록 멋진 말로 풍차 방앗간을 찬양했지만, 마을 사람들은 듣는 둥 만 둥이었어요.

화가 난 코르니유 영감님은 그때부터 아예 방앗간에 틀어박혀 혼자 지냈지요. 부모를 잃고 할아버지에게 의지할 수밖에 없는 열다섯 살짜리 손녀 비베트마저도 곁에 두려 하지 않았어요. 그러니 불쌍한 비베트가 어떻게 되었겠어요? 혼자 떠돌아다니면서 농사일이나 누에치기, 청소나 올리브 열매 따기 등 온갖 잡일을 거들면서 지낼 수밖에요.

그게 딱했는지 영감님은 뙤약볕을 마다 않고 사십 리를 걸어서 손녀가 일하고 있는 농가로 그녀를 보러 자주 갔어요. 그러고는 막상 손녀를 만나면 닭똥 같은 눈물을 흘리면서 몇 시간이나 손녀의 얼굴만 바라보다 돌아가곤 했지요.

마을 사람들은 그런 사정도 모르고 모두 손녀를 쫓아낸 구두쇠 같은 노인이라고 흉을 보았어요. 다 큰 손녀를 이집 저집으로 떠돌게 하고, 특히 못된 하인 녀석들에게 희롱을 당할지도 모르는 남의집살이를 시킨다는 건 옳지 않은 일이라고 수군거렸지요.

또한 그토록 점잖기로 유명했던 코르니유 영감님이 이제는 거지처럼 맨발에다 구멍 뚫린 모자를 쓰고, 누더기에 낡아빠진 허리띠를 맨 모습으로 거리를 지나다니는 것을 보고는 모두 혀를 끌끌 찼어요.

사실 일요일 미사 시간에는 같은 노인들마저 함께 앉는 걸 꺼려했어요. 그걸 눈치챈 영감님은 그때마다 임원석을 피해서 가난한 사람들이 앉아 있는 성수반 옆자리를 찾곤 했어요.

그런데 코르니유 영감님의 생활엔 뭔가 이상한 점이 있었어요. 방아를 찧겠다고 밀을 싣고 오는 사람은 눈을 씻고 봐도 없는데, 영감님의 풍차는 언제나 힘차게 돌고 있었어요. 마을 사람들은 가끔 밀가루 포대를 잔뜩 실은 노새를 뒤따라가는 영감님을 만나곤 했지요.

"안녕하세요, 영감님! 방앗간 일은 잘되세요?"

마을 사람들이 인사를 하면,

"암, 잘되고 있지. 잘되고말고."

하고 명랑하게 대답했어요. 뿐만 아니라,

"고맙게도 일거리가 항상 넘쳐난다네."

하면서 웃어 보이기도 했어요.

도대체 어디서 그렇게 일거리가 많이 들어오느냐고 사람들이 물으면, 영감님은 입술에다 손가락을 갖다 대면서 엄숙하게 말했어요.

"쉿! 이건 모두 수출용이라네."

사람들은 그 이상 더 알아낼 수가 없었어요.

풍차 방앗간은 언제나 굳게 닫혀 있어서 아무도 안으로 들어갈 수가 없었답니다.

방앗간 앞을 지나다 보면, 커다란 풍차 날개만 힘차게 돌고 있었지요. 또 늙은 노새가 앞마당에서 풀을 뜯고 있는 모습이나, 행인들을 쏘아보면서 창틀에 앉아 햇볕을 쬐고 있는 야윈 고양이가 있을 뿐이었지요. 사람들은 궁금한 나머지 별별 소문을 만들어 내기 시작했어요. 그중에서도 가장 많이 떠돈 소문은, 아마도 풍차 방앗간에는 밀가루 포대보다 금화를 담아 놓은 포대가 더 많을 것이라는 소문이었어요.

그러나 모든 사실이 밝혀지는 데는 그리 많은 시간이 걸리지 않았답니다.

어느 날, 나는 내 피리 소리에 맞춰 춤을 추는 젊

은이들 속에서 내 아들 녀석과 비베트가 서로 좋아하는 사이
라는 걸 알게 되었죠. 나는 기분이 나쁘지 않았어요. 코르니유
영감님은 마을 사람들로부터 존경을 받는 분이었고, 참새 같
은 비베트가 우리 집안에서 귀엽게 날아다닐 것을 생각하는
것만으로도 즐거운 일이었으니까요. 두 아이의 마음을 알아차
린 이상 다른 일이 끼어들기 전에 빨리 일을 처리하는 것이 좋
을 것 같아서 나는 영감님과 의논하러 풍차 방앗간으로 올라
갔습니다.

아, 그런데 이런 고약한 경우라니! 영감님은 아예 문조차 열
어 주지 않는 거예요. 겨우 열쇠 구멍에다 대고 이런저런 이야
기를 할 수밖에 없었어요. 그놈의 고양이 녀석은 소름끼치는
소리로 머리 위에서 야옹야옹 울어 대고 있고…….

영감님은 제 말을 끝까지 듣지도 않았어요.

"돌아가서 피리나 불게. 그리고 그렇게 아들 녀석 장가를 보
내고 싶다면 증기 방앗간에 가서 여공들이나 알아보라고!"

하면서 고래고래 악다구니를 쓰지 뭡니까? 어찌나 화가 치
밀어 오르던지……. 그래도 어쩌겠어요? 꾹 참고 내려와서 아
이들에게 그간의 일들을 말해 주었죠.

아이들은 도저히 제 말을 믿을 수가 없는 모양이었어요. 자

기네들이 직접 올라가 말씀드려 볼 테니 허락만 해 달라는 것이었어요. 할 수 없이 그렇게 해 보라고 했죠.

아이들이 마침 그곳에 도착해 보니 코르니유 영감님은 외출하고 없더랍니다. 물론 모든 문은 겹겹으로 잠겨 있었고요. 그런데 실수인지 사다리가 그냥 놓여 있더래요. 그래서 아이들은 사다리를 타고 넘어갈 생각을 했다나요?

그런데 이게 어찌 된 일입니까? 절구가 있던 방은 텅 비어 있었고, 포대라는 포대에는 밀알 한 톨 들어 있지 않더래요. 벽에는 여기저기 거미줄만 걸려 있고 밀가루 흔적이라곤 눈을 씻고 찾아봐도 없고, 방앗간이면 으레 풍겨야 할 냄새조차 맡을 수가 없더래요. 먼지만 수북이 쌓인 방아 축 위에 크고 마른 고양이가 잠을 자고 있더라는 거예요.

아래층도 마찬가지더랍니다. 낡은 침대에는 넝마 같은 옷가지가 두어 벌 널려 있고, 층계 위에는 빵조각이 하나 덜렁 놓여 있더래요.

그런데 방 한 구석에 구멍난 포대가 몇 개 놓여 있었는데 말이에요, 벽에서 흘러내린 듯한 흙가루와 회칠 부스러기들이 흘러 나오고 있더라지 뭡니까?

바로 그게 코르니유 영감님의 비밀이었던 거예요. 풍차 방앗간의 체면 때문에 아직도 이렇게 일을 많이 하고 있노라고 노새를 몰고 거리를 지나다녔지만, 그것은 밀가루 포대가 아니라 벽에서 떨어진 흙과 회칠 부스러기들이었던 거예요.

아, 가엾은 코르니유 영감님! 벌써 오래전부터 영감님은 증기 방앗간에 손님들을 모두 **빼앗겨** 버린 거죠. 풍차들은 날마다 그냥 헛돌고 있었던 거고요.

아이들이 눈물을 흘리며 이 이야기를 하자, 나는 가슴이 아파서 도저히 견딜 수가 없었어요. 그래서 그길로 이웃 사람들을 찾아 나섰죠. 만나는 사람마다 붙잡고 사정을 이야기하면서 어떻게든 돕자고 말했습니다. 그래서 각자 가지고 있는 밀을 모두 모아 풍차 방앗간으로 가져가기로 의견을 모았어요.

마을 사람들은 즉시 밀을, 이번에야말로 가짜가 아닌 진짜 밀을 가득 싣고 언덕길을 올라갔어요.

그런데 뜻밖에도 풍차 방앗간은 문이 활짝 열려 있었습니다. 문 앞에는 흙가루와 회칠 부스러기가 담긴 포대가 뒹굴고 있었는데, 어찌 된 일인지 코르니유 영감이 머리를 감싸쥔 채 울고 있는 것이었어요. 외출에서 돌아온 영감이 그사이에 누군가 들어와서 자신의 비밀을 다 알고 갔다는 것을 눈치챘던 것이지요.

"아, 이젠 죽는 수밖에 없구나. 이렇게 풍차 방앗간의 명예가 더럽혀지다니⋯⋯."

영감님은 마치 사람을 부르듯 풍차를 불러 대며 서럽게 울었습니다.

바로 그때 나귀 행렬이 언덕 위 방앗간에 다다랐죠. 우리는 예전처럼 크게 소리쳤어요.

"코르니유 영감님, 밀방아 찧으러 왔어요!"

순식간에 밀 포대가 내려지고 황금빛 밀알들이 주위에 뿌려졌어요. 이 갑작스런 광경에 코르니유 영감님의 눈이 등잔처럼 휘둥그레졌지요. 비쩍 마른 손으로 밀을 움켜쥐고 영감님은 울다가 웃다가 갈피를 잡지 못했어요.

"아이고, 밀이야, 밀이라고. 난 알고 있었지. 자네들이 반드시 날 찾아오리라는 걸 말이야. 저 증기 방앗간 놈들은 다 도둑놈들이야!"

우리는 흥분한 영감님을 마을로 모시려고 했어요.

"아닐세, 아니야. 우선 내 풍차에게 먹을 것부터 주어야 해. 정말 오랫동안 먹질 못했거든."

영감님은 포대를 열어 보았다가 절구를 살펴보았다가 하면서 바쁘게 방앗간 안을 돌아다녔어요. 그 모습을 보고 있자니 눈물이 핑 돌더군요. 하얗게 빻아진 밀가루 먼지가 천장 높이 날아올랐어요.

그날 이후 하루도 빠짐없이 풍차가 힘차게 돌았어요.

그러다가 어느 날, 코르니유 영감님이 세상을 떠나셨지요. 풍차도 그때부터 돌지 않게 되었고요.

코르니유 영감님이 세상을 떠난 뒤 누구도 그 뒤를 이으려 하지 않았어요. 어쩔 수 없는 일이지요. 모든 일이란 다 끝이 있는 게 아니겠어요?

론강의 나룻배나 프로방스의 최고 재판소, 또는 한창 유행하던 꽃무늬 재킷 시대가 끝난 것처럼, 풍차 방앗간의 시대도 다 끝난 거라고 해야겠죠.

교황의 노새

프로방스 지방에는 재미있는 속담이나 격언들이 많이 전해 내려온다. 그러나 내가 지금 이야기하려는 속담보다 더 생생하고 재미있는 속담은 아마 없을 것이다.

이 풍차 방앗간에서부터 사방 백오십 리 안에 사는 사람들은 앙심을 품고 있는 사람들을 보면 모두 이렇게 말한다.

"조심하라고, 저 사람은 칠 년 동안이나 발길질을 참아 온 교황의 노새와 같은 사람이야."

처음 그 말을 들었을 때 나는 어리둥절했다. 그게 무슨 말인지 알 수가 없었기 때문이다. 주위 사람들에게 물어보았지만 '교황의 노새'가 무슨 뜻인지, 또 어디서 그런 속담이 생겼는지 분명히 아는 사람은 아무도 없었다. 심지어 프로방스 지방의 일이라면 모르는 것이 없는 프랑세 마마이 할아버지도 모르고 있었다. 그저 아비뇽 지방에서 벌어진 일과 관련이 있을 것이라는 짐작만 하고 있을 뿐이었다.

"매미 도서관에 가면 알 수 있을지 모르겠군."

프랑세 마마이 할아버지는 웃으면서 이렇게 말했다. 매미 도서관이란 매미들의 울음소리를 듣고 있으면 좋은 생각이 떠오른다고 해서 매미가 울어 대는 숲속을 가리키는 말이었다.

매미 도서관은 바로 우리 집 앞에 있었으므로 나는 거의 일주일이나 그곳에 묻혀 살았다. 모든 것이 잘 갖추어져 있을 뿐만 아니라 글을 쓰는 사람들에게는 항시 문이 열려 있는 도서관이었다.

음악을 좋아하는 사서들이 틈틈이 연주를 하면서 자잘한 일까지 잘 도와주었다.

편안한 마음으로 일주일을 지낸 끝에 나는 드디어 알아내고야 말았다. 노새가 칠 년 동안이나 참은 끝에 발길질을 했다는 유명한 이야기를 찾아낸 것이다. 그 이야기는 은은한 라벤더 향기가 풍겨나고, 책갈피 대신 거미줄이 달려 있는, 날씨에 따라 수시로 변하는 자연처럼 아름다운 빛깔을 가진 책 속에 들어 있었다.

교황이 살던 시대의 아비뇽을 보지 못한 사람들은 그 거리가 얼마나 활기에 차 있었는지 짐작조차 할 수 없을 것이다. 아침부터 밤까지 온갖 행렬과 순례자들의 발길이 끊이지 않았는데, 거리에는 언제나 꽃들이 뿌려지고 화려한 자수 걸개가 내걸렸는가 하면, 오색 현수막들이 눈을 어지럽혔다. 추기경들은 깃발이 나부끼는 배를 타고 론강을 건너 들어왔으며, 교황의 병사들은 광장에서 라틴어 노래를 불렀다. 수도사들도 딱딱이를 쳐대며 떠들썩하게 거리를 누비고 다녔다.

교황청을 둘러싼 고급 주택들도 부산하고 생기가 넘치기는 마찬가지였다. 레이스를 짜느라 달각거리는 베틀 소리, 성직

자들의 황금빛 제의를 짜느라 북을 놀리는 소리, 성찬식 그릇
을 만드느라 두드려 대는 망치 소리, 악기의 울림판이 내는 윙
윙 하는 소리들이 시끌벅적하게 울려 퍼졌다. 그뿐만이 아니
었다. 여자들은 베틀에 앉아 찬송가를 불렀으며, 위쪽에서 들
려오는 우렁찬 종소리와 론강 다리 쪽에서 울리는 북소리는
다리 아래쪽까지 귀가 멍멍하게 들려왔다. 많은 사람들이 춤
을 추기에는 거리가 너무 좁아서 피리 연주자들이나 드럼을
치는 사람들은 상쾌한 바람이 불어오는 아비뇽 다리 위에 자
리를 잡았다.

　사람들은 그곳에서 밤낮으로 춤을 추었다. 참으로 행복하고
즐거움이 넘치는 시절이었다. 총과 칼이 사람을 다치게 하는
일도 없었고, 감옥이란 감옥은 모조리 포도주를 저장하는 창
고로 쓰였다. 굶주림도 없었고 전쟁도 없었다. 교황은 백성들
을 잘 다스렸고, 백성들 또한 교황을 정성껏 받들었다.

　보니파스 교황은 그중에서도 가장 존경받는 분이었다. 그가
세상을 떠났을 때 사람들은 모두 눈물을 흘리며 슬퍼했다. 그
는 상냥하고 마음이 따뜻했다. 항상 노새를 타고 다니면서 농
담하기를 즐겼고, 보잘것없는 공장의 직공을 만나거나 지체
높은 수도원장을 만나거나 정중하게 축복을 내려 주었다. 온

화한 미소에는 기품이 서려 있었고, 네모 모양의 모자에는 언제나 향기가 나는 꽃가지가 꽂혀 있었다. 교황은 유일한 재산으로 삼십 리쯤 떨어진 곳에 포도밭을 하나 가지고 있었는데, 일요일마다 미사가 끝나면 그곳으로 달려가 손수 포도밭을 가꾸었다. 사랑하는 노새를 옆에 매어 두고 높다란 양지에 자리를 잡고 앉으면 추기경들도 포도덩굴 아래 빙 둘러앉았다. 그러면 바로 거기서 생산된 포도주 마개가 열리게 마련이었다.

루비 빛깔이 감도는, 사람들이 '교황의 샤토네프'라고 부르는 포도주였다. 교황은 천천히 포도주 맛을 보면서 흐뭇한 표정으로 포도밭을 바라보곤 하였다. 그러다가 포도주 병이 비워지면 사제들과 함께 흥겨운 마음으로 포도밭을 내려왔다.

아비뇽 다리를 지날 때는 항상 드럼에 맞추어 사람들이 춤을 추고 있었는데, 그때마다 기분이 좋아진 노새가 경중경중 뛰었고, 교황도 박자를 맞추며 모자를 벗어 흔들었다. 그 모습을 본 사제들은 언짢아했지만 사람들은 모두 이렇게 말했다.

"아, 정말 멋진 교황님이야. 훌륭하신 우리 교황님!"

교황이 샤토네프 포도밭 다음으로 아끼는 것은 바로 노새였다. 지나칠 정도로 사랑했다. 날마다 자기 전에 노새 마구간으로 달려가 문은 잘 닫혔는지 여물은 충분한지 살펴보았다. 그리고 사제들이 못마땅해하는데도 설탕과 향료를 듬뿍 넣은 포도주를 직접 가져다 먹이곤 했다.

노새는 그런 대접을 받을 만했다. 검은색 바탕에 얼룩얼룩 빨간 점이 박힌 이 노새는 걸음이 똑바르고 털에는 윤기가 흘렀으며 엉덩이도 토실토실 살이 올랐다. 멋진 술과 매듭으로 장식된 작은 머리를 쳐들고 노새는 언제나 의젓하게 걸어다녔다. 게다가 천사처럼 아름다운 눈과 커다란 귀는 천진난만한 어린애같이 보였다.

사람들도 노새를 아주 사랑했다. 노새가 거리를 지날 때면 모두 사랑스런 눈길로 쳐다보았으며, 될 수 있는 대로 친절하게 대하려고 애를 썼다. 그것이 교황을 존경하는 자신들이 해야 할 도리라고 생각하고 있었다. 그것은 티스테 베덴이라는 사람에 의해 증명된 일이기도 했다.

티스테 베덴은 뻔뻔스러운 건달이었다. 아버지 기 베덴은 금세공을 하는 사람이었는데, 아들이 일은 거들지 않고 일꾼들을 괴롭히기만 한다고 집 밖으로 내쫓아 버렸다.

쫓겨난 티스테 베덴은 여섯 달 동안이나 교황청 주변을 어슬렁거렸다. 그것은 잘생긴 교황의 노새에 대해 뭔가 좋지 않은 일을 꾸미고 있었기 때문이다.

어느 날 교황은 노새를 타고 성벽 아랫길을 따라 산책을 하다가 티스테를 만났다. 그는 교황을 보더니 노새에 감격했다는 듯 두 손을 맞잡고 말했다.

"원 세상에! 교황님의 노새가 이렇게 훌륭할 줄이야. 교황님, 제가 노새를 좀 살펴봐도 될까요? 아, 이럴 수가……. 교황님의 노새는 정말 놀랍군요. 독일 황제도 이렇게 멋있는 노새는 갖지 못할 거예요."

그리고 마치 애인이라도 대하듯 노새를 쓰다듬으면서 부드러운 목소리로 말했다.

"여기를 보렴. 아, 보석처럼 아름답고 보물처럼 소중한 내 친구여."

그 모습을 본 교황은 금세 감격하고 말았다.

'착한 청년이로구나……. 내 노새를 저렇게 소중하게 생각해 주다니…….'

이튿날 무슨 일이 일어났을까? 놀랍게도 티스테 베덴은 레이스가 달린 제복 위에 비단 외투를 걸치고, 쇠가 달린 구두를 절거덕거리면서 교황의 성가대에 들어가게 된 것이다. 거기는 그때까지 귀족의 아들이 아니면 추기경들의 조카들만 들어갈 수 있는 곳이었다. 티스테 베덴은 바라던 대로 성가대원이 되었지만 이에 만족할 수가 없었다. 그는 다른 꿍꿍이를 꾸미기 시작했다.

그는 노새 외에는 아무것도 거들떠보지 않았다. 그리고 귀리나 콩 같은 노새 먹이를 들고 궁정 뜰에 서 있다가, 교황이 나타나면 그것들을 높이 흔들어 보이며 말하곤 했다.

"교황님, 이게 누구의 먹이인 줄 아시겠어요?"

그런 모습에 감격한 교황은 마침내 그에게 마구간을 돌보는 일을 맡겼다. 그리고 향기로운 포도주를 가져다 먹이는 일도 그가 하도록 허락해 주었다.

많은 추기경들은 이 결정에 대해 매우 못마땅하게 생각했지만 어쩔 수 없는 일이었다.

노새도 못마땅하긴 마찬가지였다. 노새에게 포도주가 배달될 때쯤 되면 미사복에 망토 차림을 한 대여섯 명의 소년들이 마구간 건초더미 위에 자리를 잡고 앉았다. 그러면 잠시 후, 설탕과 향료를 탄 포도주를 들고 티스테 베덴이 나타났다.

그때부터 이 가련한 노새는 괴로움을 겪어야만 했던 것이다. 마시면 몸이 후끈후끈 더워지고 기분도 아주 좋아지는 포도주였다. 그러나 노새는 한 모금도 마실 수가 없었다.

그들은 포도주를 노새의 코끝에 대고 냄새만 맡게 한 다음

가져가 버렸다. 장밋빛처럼 붉은 포도주는 모두 성가대 소년
들의 목구멍으로 흘러들어가 버리는 것이었다.

　장난은 그것으로 끝난 게 아니었다. 술을 마신 소년들은 작
은 악마로 변했다. 누군가가 노새의 귀를 잡아당기면 또 다른
소년은 꼬리를 끌어당겼다. 등에 올라타고 우쭐거리는가 하
면, 머리에다 억지로 모자를 씌우려고도 했다. 그들은 노새가
살짝 엉덩이를 흔들거나 한 번 힘주어 뒷발길질을 하면 멀리
북극성 너머로 날아갈 수도 있다는 생각을 하지 못하고 있었
다. 그러나 그럴 수는 없었다. 교황의 노새라면 이해심이 많고
너그러워야 하는 것이었다.

교황의 노새는 소년들이 무슨 짓을 해도 화를 내지 않았다. 그렇지만 티스테 베덴만은 달랐다. 그가 등에 올라탈 때는 발이 근질거려 참기가 어려웠다. 다른 소년들보다 훨씬 더 많이 노새를 괴롭혔던 것이다.

어느 날 티스테 베덴은 교황청에서 가장 높은 종탑 위로 노새를 끌고 갔다. 이건 거짓으로 꾸며 낸 이야기가 아니다. 이십만 명이 넘는 프로방스 사람들이 직접 눈으로 본 이야기이니까.

노새는 영문도 모른 채 다리를 후들후들 떨면서 무려 한 시간이나 뱅뱅 도는 층계를 올라갔다. 종탑 끝까지 올라간 노새 앞에는 느닷없는 광경이 펼쳐져 있었다.

발 아래 수천 미터 떨어져 보이는 곳에 아비뇽의 거리가 마치 꿈처럼 아른거렸다. 나무 열매 정도로밖에 안 보이는 시장과 흡사 개미처럼 고물대는 교황의 병사들, 그리고 은빛 실처럼 보이는 다리 위에서 춤을 추고 있는 사람들이 눈에 들어왔을 때, 노새는 얼마나 놀랐을까?

두려움에 떨던 노새는 교황청의 유리창이 모두 흔들릴 정도로 비명을 내질렀다.

"이게 무슨 소린가? 노새 울음소리가 아닌가?"

허겁지겁 발코니로 뛰어나온 교황이 큰 소리로 물었다. 그러자 어느 틈에 광장까지 내려온 티스테 베덴이 머리를 쥐어뜯으며 대답했다.

"아, 교황님! 세상에……. 교황님의 노새가 종탑으로 올라갔어요. 아이구, 이를 어째?"

"저 혼자 올라갔단 말이냐?"

"맞아요, 저 혼자 올라갔어요. 저기를 보세요. 노새의 귀가 조금 나와 있지 않아요? 마치 제비 두 마리처럼 말이에요."

"어이쿠, 큰일 났구나, 큰일 났어."

교황은 발을 동동 굴렀다.

"노새가 미쳤나 봐요. 죽을지도 모르는데 저런 곳에 올라가다니……. 이 멍청아, 내려와. 어서 내려오라고!"

노새가 왜 내려오고 싶지 않겠는가? 그러나 노새는 어디로 내려가는지 모를 뿐만 아니라 층계로 내려간다는 것은 상상조차 할 수 없는 일이었다. 머리가 빙빙 돌면서 아득해져 노새는 제자리에서 맴을 돌기만 했다. 그러면서 한 가지 다짐만은 버릴 수가 없었다.

'나쁜 녀석! 내가 살아서 돌아가기만 해 봐라. 내 뒷발길질이 결코 널 가만두지 않을 테니까.'

그런 생각을 하고 나니 몸에 힘이 솟는 듯했다. 그런 생각마저 없었더라면 노새는 더 이상 버티지 못하고 쓰러져 버렸을지도 몰랐다.

드디어 사람들이 노새를 끌어내리기 시작했다. 커다란 기중기가 동원되고 밧줄과 들것이 준비되었다. 노새는 마치 실에 매달려 대롱거리는 딱정벌레처럼 허공에서 네 다리를 버둥거리면서 내려와야만 했다. 그런 모습을 사람들에게 모두 보여 주고 말았으니, 교황의 노새로서는 참으로 부끄러운 일이 아닐 수 없었다.

그날 밤, 노새는 한숨도 잠을 이룰 수 없었다. 아직도 자신이 그 아찔한 종탑에 대롱대롱 매달려 있고, 아래에서 구경꾼들의 천둥 같은 웃음소리가 들려 오는 것만 같았다.

노새는 아침만 되면 아무리 먼 곳에서라도 솟아오르는 흙먼지가 분명하게 보일 수 있도록 녀석을 힘껏 걷어차 주리라고 마음속으로 굳게 다짐을 했다.

그 무렵 티스테 베덴은 젊은 귀족들과 함께 흥겹게 노래를 부르면서 배를 타고 론강을 따라 나폴리로 가고 있었다.

그 당시 아비뇽의 젊은 귀족들은 외교나 궁정 예절을 배우기 위해 잔느 왕비에게 보내졌다.

티스테 베덴은 귀족은 아니었지만 평소 노새를 잘 돌보았을 뿐만 아니라, 특히 그날 노새를 끌어내리는 데 큰 공을 세웠다고 교황이 특별히 보내 주었다.

다음 날 아침, 노새는 크게 실망했다.

'아니, 이 녀석이 벌써 눈치를 챘단 말인가?'

노새는 화가 나서 방울을 쩔렁거리며 생각했다.

'두고 보라지. 녀석이 돌아오기만 하면 반드시 내 뒷발길질을 선물할 테니까. 그때까진 꾹 참고 있어야지.'

티스테 베덴이 나폴리로 가 버리자 노새는 다시 옛날처럼 즐거운 생활로 돌아갔다. 성가대 소년들이 마구간을 찾는 일도 없어졌고, 향료를 섞은 포도주도 다시 마실 수 있었다. 편안하게 낮잠을 즐기고 아비뇽 다리를 지날 때에는 흥겨운 드럼 소리에 맞추어 경중경중 춤을 출 수도 있었다.

그러나 종탑 사건 이후로는 사람들의 눈치가 그 전과는 다르게 느껴졌다. 사람들은 거리를 지나가는 노새를 보면서 뭔가 작은 소리로 숙덕거렸고, 노인들이나 아이들마저도 고개를 옆으로 흔들거나 종탑을 가리키면서 킬킬거렸다. 교황도 전처럼 노새를 믿지 않는 것 같았다.

일요일에 포도밭에 들렀다 올 때면 교황은 가끔 노새 등 위에서 졸기도 했는데, 그럴 때마다 교황에겐 이런 생각이 들곤 했다.

'이렇게 졸다가 깨어났을 때 내가 종탑 위에 올라가 있다면 큰일인데……..'

노새도 이런 일들을 잘 알고 있었지만 내색을 하지 않았다. 다만 어디선가 티스테 베덴 이야기만 나오면 귀를 부들부들 떨면서 발굽으로 바닥을 득득 긁어 댈 뿐이었다.

그럭저럭 칠 년이 지났다. 어느 날 저녁, 나폴리로 갔던 티스테 베덴이 돌아왔다. 아직도 공부를 마치려면 더 있어야 했으나 마침 교황청에서 시종장으로 일하고 있던 사람이 죽었다는 소문을 듣고 그 자리가 탐이 나 서둘러 돌아온 것이었다. 꿍꿍이를 감춘 채 돌아온 티스테 베덴을 교황은 얼른 알아보지 못했다. 그도 그럴 것이 티스테 베덴은 그동안에 키가 많이 컸을 뿐만 아니라 살도 많이 쪘으며, 또한 교황도 이제는 많이 늙어서 눈이 예전처럼 밝지 않았던 것이다.

티스테 베덴이 성큼성큼 다가와 말했다.

"교황님, 저를 몰라보시겠어요? 티스테 베덴이에요."

"뭐라고? 티스테 베덴이라고?"

"예, 맞아요. 교황님의 노새에게 포도주를 가져다 주던 티스테 베덴 말이에요."

"아, 그래. 이제야 생각이 나는구먼. 훌륭한 아이였지. 그래 무슨 일로 온 건가?"

"뭐, 별일 아닙니다. 그게 뭐냐면……. 아, 교황님의 노새는 잘 있습니까? 아, 잘되었군요. 예, 참으로 기쁩니다. 그런데 저…… 다른 게 아니라, 교황님, 이번에 죽은 시종장 자리를 저에게 주시면 안 되겠습니까?"

"시종장이라고? 그 자리라면 자네는 너무 어리지 않나? 올해 몇 살이나 됐지?"

"아, 스무 살 하고도 두 달이나 더 지났습니다. 교황님의 노새보다 다섯 달이 빠르죠. 교황님의 노새는 정말로 훌륭한 노새입니다. 제가 교황님의 노새를 얼마나 사랑하는지 교황님은 모르실 것입니다. 나폴리에 가 있는 동안 저는 단 하루도 교황님의 노새를 잊어 본 적이 없답니다. 교황님, 제가 노새를 만나 봐도 괜찮겠습니까?"

"괜찮고말고!"

교황은 감격해하며 말을 이었다.

"자네가 내 노새를 그렇게까지 사랑한다니, 다시는 떨어져 있게 해서는 안 되겠구먼. 당장 오늘부터 시종장으로 일하게 해 주지. 추기경들이 또 들고 일어나겠지만 상관하지 않겠네. 그런 일이 뭐 한두 번이라야지. 내일 저녁 미사가 끝나면 나를 찾아오게. 다들 모인 자리에서 자네를 시종장으로 임명하겠네. 그리고 그게 끝나면 우리는 노새와 함께 포도밭으로 가세나."

티스테 베덴은 터질 듯한 기쁨을 애써 누르면서 광장을 걸어 나왔다. 한시라도 빨리 내일이 왔으면 싶었다.

그런데 교황청에는 티스테 베덴보다 더 기뻐하며 내일이 오기를 기다리고 있는 것이 있었다. 바로 교황의 노새였다. 티스테 베덴이 돌아온 순간부터 다음 날 저녁 미사 때까지 노새는 끊임없이 귀리를 먹으면서 뒷발길질 연습을 했다. 노새는 칠 년이나 기다려 온 행사를 위해 철저히 준비를 하고 있었던 것이다.

드디어 다음 날, 저녁 미사가 끝난 뒤 티스테 베덴은 교황청 뜰로 들어갔다. 그곳에는 이미 고위 성직자들이 죽 늘어서 있었다. 붉은 옷을 입은 추기경을 비롯하여 검정 옷을 입은 자문관들, 작은 관을 쓴 수도원장과 아그리코에 교회에서 온 임원들, 방울을 흔들면서 뒤따르는 성직자들과 성가대 소년들, 그밖에도 성당 일을 보는 사람들과 다른 지방에서 온 성직자들이 자리를 가득 채우고 있었다. 참으로 화려한 식전이었다. 종소리가 울리고 폭죽 소리에 맞추어 불꽃들이 터져 오르는가하면, 음악이 흐르고 멀리 아비뇽 다리에서 들려오는 드럼 소리까지 흥을 한껏 돋우었다.

그 가운데로 드디어 티스테 베덴이 모습을 나타냈다. 잘생긴 그의 얼굴은 사람들의 감탄을 자아냈다. 그는 프로방스의 멋진 청년이었다. 금빛 머리는 곱슬곱슬했고, 턱수염은 금세공

사인 그의 아버지 손끝에서 나온 것처럼 단정했다. 잔느 왕비가 손수 만져 보았다는 소문이 따라다닐 정도로 멋진 수염이었다. 수염뿐만이 아니라 티스테 베덴은 정말 왕비에게 사랑을 받을 정도로 훌륭한 외모와 아름다운 눈을 가지고 있었다.

그날 티스테 베덴은 나라를 사랑하는 마음을 나타내기 위하여 평소 입던 나폴리 옷차림을 버리고 장밋빛과 초록빛이 어

울리는 프로방스식 옷차림으로 꾸몄다. 모자는 카
마르그에서 가져온 따오기 깃털로 장식했다.

새로 시종장으로 임명될 티스테 베덴은 들어서면
서 정중하게 인사를 하고는 교황 쪽을 향해 계단으
로 다가갔다.

교황은 그에게 줄 노란 회양목 숟가락과 노란색
외투를 가지고 기다리고 있었다. 노새는 식을 마치
는 대로 포도밭으로 갈 준비를 끝내고 계단 아래에
서 기다리고 있었다.

티스테 베덴은 계단을 오르려다가 노새를 보고
상냥하게 미소를 보냈다. 그리고 교황이 보고 있나
없나 곁눈질을 하면서 노새의 등을 두어 번 두드려
주었다.

그때였다. 노새의 뒷다리가 번쩍 들렸다.

"자아, 받아라. 이 나쁜 녀석아! 이건 칠 년 동안이나 참아 온 발길질이다!"

노새가 얼마나 세게 뒷발길질을 했는지 까마득하게 멀리 떨어진 마을에서도 소용돌이를 일으키며 솟아오르는 흙먼지를 똑똑히 볼 수 있었다. 그 먼지 속에는 따오기 깃털이 하나 섞여 올라가고 있었는데, 그것이 티스테 베덴이 남긴 유일한 흔적이었다. 얼마나 뒷발길질이 세었기에 사람을 먼지로 만들 수가 있느냐고 할지 모르지만, 그것은 교황의 노새였고, 또 칠 년이나 참아 온 앙갚음이라는 점을 잊어서는 안 될 것이다.

앙갚음에 대한 이야기로 이보다 더 좋은 예가 또 있을까?

집을 팝니다

낡아빠진 나무 문짝 위에는 오래전부터 광고판이 하나 내걸려 있었다. 뜰이나 거리에서 날아온 흙먼지들이 헐거워진 문짝 틈새로 마구 드나드는 이 집은, 뜨거운 여름볕 아래서는 꼼짝도 않고 엎드려 있다가 가을이 되어 바람이 조금만 불어오면 덜컹덜컹 소리를 냈다. 보통 때는 주위가 너무 조용해서 마치 사람이 살지 않는 폐가처럼 보였다.

그러나 집 안에는 사람이 살고 있었다. 담보다 조금 높이 솟아 있는 굴뚝에서 하얗고 가느다란 연기가 피어오르곤 했던 것이다. 연기는 가난한 사람들처럼 힘이 없어 보였다.

비록 허름하긴 했으나 그 어디에도 이 집을 판다거나 이곳을 버리고 멀리 떠나려 한다는 느낌은 받을 수가 없었다. 손질이 잘되어 있는 샛길이나 둥글게 풀잎으로 지붕을 만들어 놓은 긴 의자, 말끔하게 정돈된 우물가 빨래터 등을 보면 그런 느낌이 더 들었다. 농기구들이 헛간 옆으로 가지런히 세워져 있는 그 집은 흔히 볼 수 있는 농사꾼의 집이었다.

비탈진 곳이어서 교묘하게 층계로 균형을 맞추어 지은 이층집이었는데, 남쪽을 향해 있어서 햇볕이 잘 들었다. 아래층은 온실이었다. 층계 위로 여러 겹의 유리 덮개와 빈 화분들이 쌓여 있고, 모래판 위에는 제라늄 화분들이 죽 놓여 있었다. 서너 그루의 플라타너스를 제외하면 뜰은 온통 햇볕으로 가득했다. 과일나무들은 몇 개의 잎을 떨어뜨리고, 딸기는 빨갛게 익어 갔으며, 완두콩은 긴 덩굴손을 허공에 뻗은 채 하늘거리고 있었다.

이처럼 조용하면서도 쓸쓸해 보이는 이 집에는 한 노인이 살고 있었다. 노인은 날마다 밀짚모자를 쓴 채 샛길을 오르내리면서 때맞춰 물을 주거나 운동을 하곤 했다.

노인은 아는 사람이 아무도 없었다. 하나밖에 없는 길을 통해 마을을 돌면서 집집마다 빵을 배달해 주는 마차꾼 외에는 찾아오는 사람도 없었다.

가끔 과수원을 가꿔 보려는 사람들이 지나가다가 광고판을 보고는 노인을 찾았다. 초인종 소리가 나면 뜰 안쪽에서 느릿느릿 신발 끄는 소리가 나고, 이어 노인의 어두운 얼굴이 나타났다.

"누굴 찾소?"

"집을 내놓으셨습니까?"

"그렇소만……."

노인은 퉁명스럽게 대답했다.

"내놓긴 했지만 비싸서 사기 어려울 거요."

그러고는 대답도 들어보지 않고 화가 난 표정으로 문을 닫고는 빗장을 걸어 버리는 것이었다. 또 노인은 채소밭과 모래가 깔린 마당을 바라보면서 어느 누구에게도 집을 빼앗기지 않겠다는 듯이 오랫동안 버티고 서 있곤 했다.

사람들은 수군거렸다. 별 이상한 노인네를 다 보겠군! 팔기 싫은 집을 왜 팔겠다고 광고를 하는 거야? 미치지 않고서야 이럴 수는 없는 일이지…….

그러나 그런 의문은 곧 풀렸다. 어느 날 나는 그 집 앞을 지나다가 우연히 그 비밀 이야기를 듣게 되었다.

"왜 안 파시는 거예요? 아버지가 분명히 파신다고 약속하셨

잖아요?"

아들이 다그치듯 큰 소리로 말했다.

그러자 이어서 떨리는 노인의 음성이 들렸다.

"나도 팔고 싶다. 그래서 광고판에 써 놓지 않았느냐?"

나는 그때 파리에서 가게를 하고 있는 노인의 아들 내외가 노인이 떠나기 싫어하는 그 집을 팔기를 바라고 있다는 것을 알게 되었다.

자세한 까닭이야 알 수가 없지만, 일요일만 되면 아들네는 노인을 찾아왔다. 땅속에 뿌려진 씨앗마저도 일주일 동안의 피곤을 풀며 쉬고 싶어 한다는 일요일이었지만, 그들이 주고받는 이야기는 하루 종일 골목으로 흘러 나왔다.

아들로 보이는 젊은이는 투구놀이를 하면서 노인과 이야기를 나누었다. 돈에 관한 이야기를 나눌 때에는 날카로운 쇠붙이가 서로 부딪

치는 것처럼 차가운 느낌마저 주었다.

저녁이 되면 그들은 서로 헤어졌다. 마을 앞까지 아들을 바래다 주고 돌아온 노인은 또 일주일간은 편안하게 보낼 수 있다는 생각에 홀가분한 마음으로 빗장을 걸었다.

집 안은 다시 조용해졌다. 다만 노인이 모래를 밟고 다니는 신발 소리와 땅을 파는 삽질 소리만이 햇볕 속으로 울려 퍼질 따름이었다.

그러나 일요일만 되면 노인은 아들 내외로부터 시달림을 당해야 했다. 그들은 노인의 마음을 돌리려고 별별 수단을 다 썼다. 언젠가는 손자 녀석들까지 데리고 온 적도 있었다.

"할아버지, 이 집 팔아 버리고 우리랑 같이 살아요. 할아버지랑 함께 살고 싶어요."

그런가 하면 가끔 딸의 목소리가 들려오기도 했다.

"이 고물단지가 몇 푼이나 나간다고 붙들고 계세요? 아유, 차라리 부숴 버리는 게 낫겠어!"

그러나 노인은 아무 말이 없었다.

어느 때는 젊은 아들이 마치 노인이 세상을 떠나기라도 한 것처럼 버릇없이 굴고, 또 어느 때는 금방이라도 집을 부숴 버릴 듯이 설치기도 했지만, 끝내 노인의 입은 열리지 않았다.

그럴 때마다 노인은 허리를 구부리고 눈물을 글썽이면서 쳐낼 가지는 없는지, 다 익어서 따낼 과일은 없는지, 집 안을 두루 살피고 다녔다. 그러면서 그 과일나무들과 마찬가지로 자신의 뿌리도 바로 이 땅에 내리고 있다는 사실을 되새겨 보는 것이었다.

노인은 이사를 가게 되더라도 될 수 있는 대로 떠나는 날을 뒤로 미루려고 했다. 날씨가 좋지 않은 탓에 햇빛이 모자라 덜 익은 버찌나 까치밥을 보면 노인은 이렇게 말했다.

"이것들을 거둘 때까지만 기다려라. 그땐 너희들 말대로 할 테니까……."

그러나 버찌 철이 가면 복숭아 철이 왔고, 이어서 포도 철이 되었는가 하면 또 황금빛 모과 철로 이어졌다. 그러고 나면 추운 겨울이 기다리고 있는 것이었다.

추수를 마친 땅은 거무칙칙해지고 무성했던 정원도 텅 비어 갔다. 겨울이 되면서부터 지나가는 사람도 드물었을 뿐만 아니라 집을 사겠다는 사람도 뚝 끊겼다.

일요일마다 찾아오던 아들네도 오지 않았다. 노인은 편히 쉬어야 할 석 달 동안을 하루도 쉬지 않고 씨 뿌릴 준비를 하거나 과일나무 가지치기를 하면서 보냈다.

　문 밖에 내걸린 광고판은 그때까지도 아무런 구실을 하지 못한 채 바람에 흔들리고만 있었다.

　노인에게 집을 팔 마음이 전혀 없다고 짐작한 아들 내외는 새로운 결정을 했다. 며느리가 들어와 살면서 집을 팔아 보기로 한 것이었다.

　며느리는 들어오자마자 집 살 손님을 끌기 위해 안간힘을 썼다. 아침 일찍부터 짙게 화장을 하고 요령 좋은 상인들처럼 상냥하고 친절하면서도 붙임성 있는 얼굴로 사람들을 대했다.

대문을 활짝 열어 놓고 지나가는 사람들에게 미소까지 보냈다. 물론 그 미소에는 '들어와 보세요. 정말 좋은 집이랍니다.'라는 속뜻이 배어 있었다.

노인에겐 평온한 휴식이 사라지고 말았다. 며느리를 보지 않으려고 밭으로 나갈 때가 많아졌다. 그럴 때면 마치 무언가에 홀린 사람처럼 씨를 뿌리고 괭이질에 열중했다. 뭔가를 잊으려는 듯 땀을 흘리며 열중하는 노인의 모습은 마치 사형 선고를 받은 죄수처럼 진지하기만 했다.

그런 노인을 며느리는 졸졸 따라다녔다.

"제발 좀 그만두세요. 곧 팔릴 텐데……. 왜 고생해서 남 좋은 일만 하려고 하세요?"

그럴수록 노인은 더욱 일에 열중했다. 남에게 팔린다고 해도 정원을 그대로 버려둘 수는 없었다. 그리고 지금까지 함께해 온 인연을 그렇게 쉽게 끊어 버릴 수도 없는 일이었다. 그러다 보니 샛길엔 잡초가 한 포기도 없었고, 장미나무들은 부러진 가지 하나 보이지 않았다.

전쟁 중이어서인지 집을 사겠다는 사람은 좀처럼 나타나지 않았다. 며느리가 아무리 대문을 활짝 열어 놓고 상냥한 웃음을 지어 봐도 지나가는 이삿짐만 간간이 보일 뿐 들어오는 건

먼지밖에 없었다. 일이 생각대로 잘 안 되자 며느리는 신경질을 부리기 시작했다. 그러다가 갑자기 파리에 일이 생겨 돌아가야만 했다.

며느리는 노인에게 욕설을 퍼부으면서 한바탕 법석을 떨더니 문짝이 떨어져라 거세게 닫고는 떠나 버렸다.

노인은 허리를 구부린 채 완두콩이 뻗어 나가는 모양을 보면서 우울한 마음을 달래고 있었다. '집을 팝니다'라고 쓰인 광고판은 여전히 같은 곳에서 흔들리고 있었다.

올 여름에 내가 다시 시골을 찾았을 때, 분명히 그 집은 그 자리에 있었다. 그러나 광고판은 예전의 모습이 아니었다. 종이가 이미 찢겨져 나간 광고판은 곰팡이를 잔뜩 뒤집어쓴 채 벽 한쪽에 걸려 있었다……. 끝이었다. 이미 그 집은 팔려 버린 것이었다.

우중충했던 회색 대문은 파란색 문으로 산뜻하게 바뀌어 있었다. 열어 놓은 채광창을 통해 보이는 정원도 옛날의 모습이 아니었다. 잘 다듬어진 화단과 잔디, 그리고 인공 폭포의 모습이 현관 층계 앞에 놓인 커다란 쇠공 속에 비쳐 보였다. 번쩍거리는 쇠공은 울긋불긋한 꽃들로 꾸며진 샛길과 땀으로 번들거리는 두 사람의 얼굴도 함께 보여 주었다. 얼굴이 검붉은 똥

보 사내가 의자에 파묻히듯 앉아 있고, 역시 뚱보 여자가 물뿌리개를 흔들면서 소리를 질러 대고 있었다.

"복숭아밭에만 벌써 열네 통째라고요."

"복숭아밭 말고 다른 곳에도 뿌려 줘야지."

"거긴 당신이 하구려."

집은 한 층이 더 높아졌고 집 울타리도 다시 만든 것이었다. 모퉁이 쪽에는 아직도 새로 칠한 페인트 냄새가 가시지 않았다. 집 안에서는 폴카와 같은 춤곡을 연주하는 피아노 소리가 흘러 나왔다. 그렇지만 눈부시게 화려한 꽃들, 뚱보 여인네의 수다와 활기, 어딘지 모르게 배어나는 속된 분위기는 오히려 내 마음을 어둡게 만들었다.

평온한 모습으로 천천히 걸음을 옮기던 노인이 떠올랐다. 그리고 밀짚모자를 푹 눌러쓴 채 눈물을 글썽이며 어느 가게 뒷골목을 헤매고 있을 노인의 초라한 모습이 눈앞에 어른거렸다. 아마도 그 무렵 파리의 어느 가게에서는 노인의 며느리가 시골집을 판 돈으로 가득 채운 계산대 앞에서 으스대고 서 있을지 모를 일이었다.

베를린 포위

의사와 함께 우리는 파리의 샹젤리제 거리를 따라 올라갔다.
폭격을 당해 무너진 벽들과 여기저기 구덩이가 생긴 거리를
바라보면서 전쟁이 훑고 간 파리 시내를 살펴보고 있었던 것
이다. 에트왈 광장에 다다르자 의사는 개선문 주위에 있는 여
러 화려한 집들 가운데에서 한 건물을 가리키며 입을 열었다.

저 집 보이지요? 발코니 위로 창문이 넷 달린 집 말이에요?
전쟁이 한창이던 작년 8월에 나는 정신을 잃은 어떤 환자 때문
에 바로 저 집에 간 일이 있었죠.

저 집에는 주브 대령이 살고 있었어요. 그는 애국심이 대단
한 군인이었지요. 전쟁이 나자 우리 군대가 이겨서 당당하게

들어오는 개선 행진을 보려고 이사를 했다더군요.

어느 날 저녁, 주브 대령이 식사를 막 마치고 일어서려는데, 비상부르(독일과의 국경 도시)가 적군들의 습격을 받았다는 소식이 들려왔다더군요. 그 소식 가운데서 나폴레옹이라는 이름을 들은 대령은 충격을 받아 그만 갑자기 쓰러졌다는 거예요.

연락을 받고 급히 달려가 보니 대령은 카펫 위에 쓰러진 채 누워 있더군요. 몽둥이로 얻어맞은 것처럼 얼굴은 핏기 하나 없이 하얗게 질려 있었어요. 키가 참 커 보였지요.

숱이 많은 곱슬머리에 가지런한 이를 가지고 있었는데, 첫눈에도 아주 단정하다는 느낌을 받았습니다. 여든 살이나 되었다고 했지만, 이십 년쯤은 더 젊어 보이더군요.

옆에는 손녀가 무릎을 꿇고 앉아 울고 있었어요. 참 신기할 정도로 두 사람은 닮았더라고요. 마치 한 틀에서 찍어 낸 그리스 조각처럼 꼭 닮았는데, 단지 한쪽은 오래되어 형태가 좀 흐릿한데 다른 쪽은 갓 찍어 낸 작품처럼 윤이 흐르면서 그 모습이 뚜렷했다는 점만 달랐습니다.

소녀가 어찌나 슬퍼하던지 가슴이 저려 오더군요.

소녀의 아버지 역시 마크마옹 장군 사령부에서 근무하고 있는 군인이라고 했습니다. 소녀는 쓰러져 있는 대령을 보면서 어쩌면 할아버지가 죽을지도 모른다는 생각을 하고 있는 것 같았습니다.

나는 소녀를 안심시키려고 있는 힘을 다했습니다.

하지만 대령은 그다지 희망이 없어 보였습니다. 나이도 나이지만 몸도 이미 절반쯤은 굳어 있어서 회복을 기대하기가 어려웠습니다. 대령은 그대로 꼬박 사흘 동안이나 의식을 찾지 못하고 누워 있었지요.

그 무렵 라이시스오퐁(라인주의 조그만 마을)의 소식이 들려온 거예요. 아, 당신들도 기억하시죠? 이만여 명이 넘는 프러시아 군인들이 그날 저녁에 떼죽음을 당할 것이라느니, 적국의 왕자를 포로로 잡았다느니 해서 온 국민들이 떠들썩하게 좋아했던 소식 말이에요. 그런데 참 신기한 일이죠. 그때까지도 의식을 찾지 못하고 꿈속을 헤매고 있던 대령에게 이 소식이 전해진 거예요. 나는 지금까지도 그건 기적이거나 어떤 알 수 없는 힘이 도와준 것이 아닌가 하는 생각을 버리지 못하고 있답니다. 어쨌든 대령은 분명히 어제의 대령이 아니었습니다. 눈은 초롱초롱 빛났고 굳었던 혀도 많이 풀려 있었어요. 나를 보고는 입가에 미소를 지었으며, 더듬거리는 목소리로 인사말까지 건넸으니까요.

"이…… 겼…… 어……만…… 세…….."

"그래요, 대령님. 우리가 크게 이겼어요!"

나는 적을 크게 물리친 마크마옹 부대에 관한 소문을 되도록 자세하게 말해 주었습니다. 그랬더니 대령의 표정이 많이 풀리면서 얼굴에 생기가 돌더군요.

그런데 밖으로 나와 보니 소녀가 초조하게 나를 기다리고 있었습니다. 하얗게 질린 얼굴은 온통 눈물로 젖어 있었지요.

"할아버지 병세가 많이 좋아지셨어요."

나는 소녀의 손을 잡고 부드럽게 말해 주었습니다. 그런데도 소녀는 대꾸할 힘조차 없는 듯 입을 다물고 가늘게 흐느낄 뿐이었어요. 왜 그런 줄 아세요? 사실은 우리 군대가 라이시스 오퐁 싸움에서 크게 졌고, 마크마옹 부대는 할 수 없이 후퇴하는 중이라는 진짜 소식을 들었던 거지요.

소녀와 나는 한동안 서로 바라보기만 했죠. 주브 대령에겐 어떻게 말해야 할까? 나는 갑자기 두 다리에서 힘이 쏘옥 빠져나가는 느낌이 들었어요. 소녀도 어쩔 줄을 몰라 했고요. 주브 대령이 이 소식을 알았을 때 받을 충격은 상상할 수도 없는 일이었거든요.

우리는 마침내 이 사실을 숨길 수밖에 없다고 생각했습니다.

"박사님, 제가 거짓말을 하겠어요."

소녀는 결심한 듯 눈물을 닦으면서 말했습니다.

그리고 애써 웃는 얼굴을 지으며 병실로 들어갔지요.

그날부터 소녀는 힘든 나날을 보내야 했습니다. 한동안은 주브 대령의 정신이 맑지 못해 소녀가 대충 이야기를 해도 잘 넘어갔으나, 점점 정신이 맑아지면서부터는 적당히 둘러댈 수가 없었습니다. 군인들 이야기나 전투 장면들을 좀 더 자세하게 꾸며야만 했지요.

지도까지 펴 놓고 거짓 이야기를 꾸며 내느라 애를 쓰는 소녀의 모습은 참으로 눈물겨웠습니다. 실제로는 제2군단과 함께 샌트아블에 머물러 있는 포르사르 장군을 바이에른에 진을 치고 있는 것처럼 꾸미고, 메츠에서 제3군단을 이끌고 있는 바젠 장군을 베를린으로 쳐들어가는 것으로 만드는가 하면, 마크마옹 장군의 제1군단은 스트라스부르에 있는데도 발트해를 향해 나아가고 있는 것처럼 꾸미는 식이었습니다.

소녀는 거짓 이야기를 꾸밀 때마다 내 의견을 묻곤 했습니다. 나도 내가 할 수 있는 데까지는 도와주었지요. 그러나 사실 거짓 이야기를 꾸미는 데 가장 도움을 많이 준 사람은 바로 주브 대령 자신이었습니다. 나폴레옹 시대에 여러 차례나 독

일 공격에 나선 일이 있었고, 싸우는 방법에 대해서도 훤히 알
고 있었으니까요.

"이번엔 반드시 이쪽으로 공격해야 해. 그런 다음에는……."

그의 말은 언제나 옳았고 또 그런 일들은 주브 대령에게 갈수록 생기를 더하게 해 주었습니다.

안타깝게도 우리 편이 아무리 많이 이기고 또 땅을 많이 빼앗아도 대령은 만족할 줄을 몰랐습니다. 우리가 꾸민 거짓말에 대해 대령은 언제나 불만을 털어놓았습니다.

그 집에 들를 때마다 나는 새로운 전투 소식을 들었습니다.

"박사님, 우리 군대가 마인츠를 점령했대요."

마중 나온 소녀가 쓸쓸한 얼굴로, 그러나 일부러 큰 소리로 말하면 곧 방에서는 기쁨에 찬 대령의 목소리가 들려왔어요.

"좋아, 이런 상태라면 일주일 뒤엔 베를린을 빼앗을 수가 있을 거야!"

그 무렵 프러시아 군대는 일주일 정도면 충분히 다다를 수 있는 곳에 와 있었습니다. 그래서 우리는 대령을 시골로 내려가게 하고 싶었지만, 문밖에만 나가면 사실이 다 드러날까 봐 그럴 수가 없었지요.

대령이 그토록 큰 충격을 견뎌 낼 수 있다고는 생각할 수 없었으니까요.

마침내 파리가 포위되던 날을 나는 잊을 수가 없습니다. 그날도 무거운 마음으로 그 집에 갔었지요. 파리로 들어오는 성문은 모두 닫히고 성벽 주위에서는 전투가 한창 벌어지고 있었습니다.

"박사, 드디어 포위가 시작되었다는군요."

나는 너무 놀란 나머지 그 자리에서 굳어 버리는 줄 알았습니다. 난 간신히 떨리는 목소리로 물었습니다.

"아니, 그럼 대령님은 모든 걸 알고 계셨다는 말씀입니까?"

그러자 소녀가 재빨리 말을 받았습니다.

"아이 참, 박사님도. 베를린이 포위된 걸 왜 모르시겠어요?"

바느질하던 손을 멈추고 또박또박 이야기를 하는 소녀의 모습은 그렇게 태연할 수가 없었습니다. 그러니 주브 대령이 깜박 속을 수밖에요. 더군다나 대령은 어떤 대포 소리도 들을 수가 없었고, 어둠 속으로 가라앉고 있는 파리의 슬픈 모습도 볼 수 없었으니까요.

대령이 볼 수 있는 것은 개선문의 한쪽 모서리와 화려하게 진열된 나폴레옹 시대의 골동품들뿐이었습니다. 장군들의 초상화와 전투 장면이 새겨진 판화, 다리가 멋지게 휜 고급 탁자와 그 위에 진열된 여러 가지 무기 모형이나 수많은 메달들, 그리고 멋진 옷으로 한껏 맵시를 부린 귀부인의 그림은 장군으로 하여금 베를린 포위를 당연한 사실로 믿게 해 주었지요.

그때부터 소녀와 나는 할 일이 줄었습니다. 베를린 포위는 대령에게도 생각할 시간이 필요한 일이었던 거죠.

대령이 따분해할 때에는 소녀가 아버지의 편지를 읽어 주었습니다. 그 편지 역시 거짓으로 꾸민 것이었지요.

어떤 편지도 파리에 들어올 수가 없었고, 또 전쟁에 진 마크 마옹 부대 참모들은 이미 포로가 되어 독일로 끌려간 뒤였으니까요.

그러니 가엾은 소녀는 얼마나 슬펐겠습니까? 포로가 되어 모든 것을 빼앗겼을 아버지, 어딘가 상처를 입고 고생하고 있을지도 모르는 아버지를 두고 용감하게 싸우고 있는 것처럼 편지를 꾸며 써야 하는 소녀는 이미 몸과 마음이 몹시 지쳐 있었습니다. 그런데도 편지가 오지 않으면 대령은 궁금하여 잠을 이루지 못했습니다. 그러면 당장 다음 날 편지가 오지요. 소녀는 할아버지 침대맡에 앉아서 터져 나오려는 울음을 꾹 참고 겉으로는 반가워 어쩔 줄을 모르겠다는 표정으로 편지를 읽어 주었습니다.

그때마다 대령은 흐뭇한 미소를 지으며 끝까지 들었습니다. 더러는 잘못된 부분을 지적하기도 하고, 이해하기 어려운 부분에 대해서는 자세한 설명을 덧붙이기도 했지요.

그런데 대령이 아들에게 보낸 편지는 정말 감동적이었죠.

'너는 한시도 프랑스 사람이라는 사실을 잊지 마라. 그리고 나라를 잃은 사람들에게는 너그럽게 대해야 한다. 그들에게 절대로 고통을 주어서는 안 된다. 재물을 탐내지도 말고, 여자들에게는 털끝만큼도 예의에 어긋나는 행동을 해서는 안 된다…….'

모두 전쟁에 이긴 군인들이 지켜야 할 충고였지요. 그뿐만이 아니라 대령은 또 전쟁에 진 나라가 해야 할 일들에 대해서도 적었습니다. 하지만 그런 것들은 누구나 쉽게 해낼 수 있는 일들이었습니다.

'전쟁 때문에 피해를 당한 것들만 물어내게 해야 한다. 그 이상 욕심을 내서는 안 된다. 땅 욕심도 버려라. 땅을 많이 차지한다고 해서 좋은 일이 뭐가 있겠느냐? 독일을 프랑스로 만들 수는 없는 법이다…….'

대령의 목소리는 믿음에 차 있었습니다. 비록 세상 돌아가는 형편을 모르고 하는 이야기였지만, 진정으로 조국을 사랑하는 마음을 담고 있는 대령의 편지는 나를 감동시키고도 남았습니다.

그 사이에도 적군들은 파리를 점점 더 옥죄어 왔습니다. 지독한 추위와 심해져 가는 전투, 그리고 전염병과 굶주림으로 파리 시민들은 지칠 대로 지쳐 갔습니다.

대령은 우리가 세심하게 보살펴 준 덕으로 평온하게 지냈습니다. 비록 일인분밖엔 안 되지만 부드러운 빵과 고기를 구해 대령에게 보내기도 했습니다. 무슨 일이 벌어지고 있는 줄도 모르고 기분 좋게 식사를 하는 대령의 모습을 보고 있노라면 가슴이 아팠습니다. 대령은 턱 밑에 수건을 대고 얼굴에 미소를 띤 채 앉아 있었지요.

그러면 가냘픈 소녀가 대령의 손을 잡고 음식을 먹을 수 있도록 도와줍니다. 밖에는 차가운 바람이 몰아치고 눈보라가 휘날리고 있었지만, 따뜻한 방 안에서 맛있는 음식을 들고 난 옛 군인은 벌써 백 번도 더 한 전투 이야기를 되풀이하느라 신을 내곤 했지요. 먹을 것이라고는 과자 부스러기와 말고기밖에 없었던, 러시아와의 전투 시절 이야기였습니다.

"무슨 말인지 알겠니? 너무 배가 고파서 우리는 말고기를 먹었단 말이다, 말고기 말이야."

소녀는 충분히 알아들을 수가 있었죠. 이미 두 달 전부터 소녀도 말고기밖에 먹은 게 없었으니까요.

대령은 점차 건강이 좋아져 갔고 그만큼 우리는 더 많은 힘을 들여야 했습니다. 몸을 잘 움직이지 못할 때는 그래도 나은

편이었지만, 그가 자유롭게 몸을 움직일 수 있게 되자 오히려 어려운 일이 더 많이 생겼습니다. 마이요 문 부근에서 총소리가 들려올 적마다 대령은 자리에서 벌떡벌떡 일어서곤 했습니다. 그럴 때마다 우리는 베를린까지 쳐들어간 우리 군대가 크게 이겼기 때문에 이를 축하하기 위해 쏘는 총소리라고 둘러대곤 했어요.

언젠가 침대를 창가로 옮겼을 때였죠.

마침 대령은 창 너머로 그랑다르메 거리에 모여 있는 우리 군대를 보았던 거예요.

"저게 뭐지?"

대령이 얼굴을 잔뜩 찌푸리면서 중얼거렸죠.

"몰골이 말이 아니야. 너무 형편없다고."

다행히 더 이상 다른 일은 없었지만 모두들 가슴이 철렁 내려앉았었죠.

그러던 어느 날 저녁이었어요. 그 집에 도착하자마자 소녀가 달려 나오면서 울먹였어요.

"바로 내일 프러시아군들이 쳐들어온대요."

떨리는 목소리로 그렇게 말하고 나

서 소녀는 온몸을 와들와들 떨었어요. 그런데 그때 대령의 방문이 열려 있었던 모양이에요. 그날 대령의 표정이 왠지 다른 때와는 달라 보였거든요. 십중팔구 우리가 주고받은 이야기를 들었던 게 분명했어요.

그런데 프러시아 군대 이야기를 대령은 거꾸로 알아들었나 봐요. 그렇게 기다려 오던 프랑스군의 개선으로 착각했던 것입니다…….

군악대가 개선 행진곡을 울리는 가운데 꽃가루가 눈처럼 휘날리는 거리를 당당하게 걸어오고 있는 마크마옹 장군과 그 옆에 자랑스럽게 따라오고 있는 아들……. 그러면 그동안 소중하게 보관해 두었던 제복을 꺼내 입은 자신은 검게 그을리고 구멍이 숭숭 난 독수리 깃발을 향해 거수 경례를 하고…….

안타깝게도 대령은 이런 모습을 그려보고 있었던 거죠. 그러면서, 감격한 나머지 충격으로 쓰러질 것을 염려하여 사람들이 프랑스군의 개선 행진을 못 보게 막고 있는 것이라고 생각했답니다. 그래서 대령은 자신의 비밀스러운 계획을 드러내지 않고 있었던 거예요.

드디어 프러시아 군대가 들어온 날이었습니다. 마이요 문에서 틸르리로 가는 거리에는 군인들의 행렬이 길게 이어지고 있었습니다. 그때 이층 문이 살며시 열리면서 발코니 위로 대령의 모습이 나타났습니다. 명예와 역사를 자랑하는 옛 군복에다 철모와 긴 칼까지 갖춘 당당한 모습이었습니다. 아직도 온전하지 않은 몸으로 어디에서 그런 힘이 나왔는지 도저히 알 수가 없었습니다.

문들이 꼭꼭 닫히고 싸늘한 바람만 돌고 있는 파리 시내는 어둡고 무겁게 가라앉아 있었습니다. 군데군데 깃발이 나부끼고 있었지만, 그것은 이기고 돌아오는 프랑스군의 깃발이 아니라 빨간 십자가가 선명한 낯선 깃발이었습니다. 그리고 행진하는 군대를 향해 몰려들어야 할 군중은 어디에도 보이지 않았습니다.

대령의 눈이 등잔처럼 커졌습니다. 뭔가 잘못 본 것이 아닌가 하고 당황해하는 듯했습니다.

그러나 모든 것이 다 사실이었죠. 멀리 개선문 쪽에서 어수선한 소리가 어렴풋이 들려오기 시작했습니다.

이윽고 아침 햇살을 받으면서 검은 행렬이 나타났습니다. 번쩍이는 철모가 뚜렷한 모습을 드러내면서 무거운 군화 소리가 점점 크게 울려왔습니다.

어수선한 소리 속에는 에트왈 광장에서 울리는 슈베르트의 군대 행진곡도 들어 있었습니다.

이게 모두 1871년 3월 1일에 일어난 일이었죠. 독일군은 그 때 지금의 포시르에서 콩코드 광장까지 나아갔습니다. 개선문을 통과하지 않고 빙 돌아갔지요.

그때였어요. 분노에 찬 커다란 목소리가 광장을 울렸습니다. "모두들 나서라! 무기를 들어라. 프러시아군을 쳐부수자!"

광장 옆 어느 발코니에서 키가 큰 한 노인이 비틀거리면서 팔을 휘두르다가 이내 푹 쓰러졌습니다. 그것이 주브 대령의 마지막 모습이었습니다.

스갱 씨네 염소

파리의 서정 시인 피에르 그랭구아르에게

그랭구아르,

이 딱한 친구야. 자넨 평생 그 꼴로 살아갈 작정인가?

파리의 큰 신문사에서 기자로 오라고 했다면서?

그런데 배짱도 좋게 그걸 거절하다니……. 무려 10년 동안이나 아폴로 신에게 매여 꼼짝 못했기 때문이 아니냔 말이야. 그런 몰골이 자넨 부끄럽지도 않은가?

신문 기자가 되게. 이 바보 같은 친구야, 신문 기자가 되겠다고 당장 승낙을 하란 말이야. 그럼 당장 자네 손에는 은화가 쩔렁거리고, 소문난 식당도 드나들 수가 있을 것이며 깃털 달린 모자를 쓰고 첫 공연을 시작하는 극장 구경도 갈 수 있게 될 거니까.

뭐, 싫다고 했나? 그저 자네가 하고 싶은 대로 자유롭게 살고 싶단 말이지?

이 딱한 사람, 좋네. 그럼 내 이야기를 들어보게. '스겡 씨네 염소'에 대한 이야기일세. 듣고 나면 멋대로 살면 결국은 어떤 꼴을 당하게 되는지를 깨닫게 될 걸세.

스겡 씨는 그간 꽤 많은 염소를 길러 보았지만 그다지 재미를 보지 못했네. 웬만큼 길렀다 싶으면 매번 똑같은 식으로 잃어버리고 만 거야. 글쎄, 기르는 염소마다 언젠가는 고삐를 끊어 버리고 산으로 도망쳐 버렸다지 뭔가?

산으로 도망친 염소들은 모두 늑대에게 잡아먹히고 만 거지. 결국 주인의 깊은 사랑이나 늑대에게 목숨을 잃을지도 모르는 두려움 따위가 자유를 원하는 염소의 생각을 돌릴 수는 없었던 거야.

스겡 씨는 탄식을 했지.

"이젠 끝났어. 염소가 나를 싫어하는 거야. 난 염소를 기를 수가 없어."

말은 그렇게 하면서도 스갱 씨는 그만둘 수가 없었어. 벌써 일곱 마리나 잃어버렸는데도 다시 여덟 번째 염소를 사고 만 거야. 이번에는 좀 어린 염소를 샀지. 아무래도 길들이기엔 어린 놈이 나을 거 같아서였지.

이보게, 그랭구아르! 그 새끼 염소가 얼마나 예쁜지 짐작이나 하겠나? 순하게 보이는 눈하며 마치 하사관처럼 달고 있는 수염에다 앙증스럽기 짝이 없는 발굽. 그뿐인가, 줄무늬 뿔과 온몸을 덮고 있는 하얀 털은 사람들의 눈을 빼앗기에 모자람이 없었다네. 성질은 또 얼마나 온순한지 젖 짜는 그릇에다 한 번도 발을 들여놓은 적이 없을 만큼 고분고분했지.

스갱 씨는 집 뒤에 산사나무 울타리가 쳐진 밭을 하나 가지고 있었는데, 거기에다 그 염소를 매어 놓았다네. 풀이 잘 자란 곳을 골라 목줄을 느슨하게 매어 놓고 틈만 나면 가서 살펴보곤 했지. 염소는 스갱 씨가 볼 때마다 풀을 아주 맛있게 잘 먹었다네. 그걸 보는 스갱 씨의 기쁨은 이루 말로 표현할 수가 없을 정도였지.

"됐어. 드디어 나를 싫어하지 않는 염소를 찾아낸 거야."

그러나 이 염소도 마찬가지였다네. 며칠도 못 가서 따분해진 것이라네.

염소는 먼 산을 바라보면서 이런 생각을 했네.

'저 산 위에서 산다면 얼마나 좋을까? 이따위 목줄 같은 건 다 벗어 던지고 끝없이 펼쳐진 들판을 마음대로 뛰어다니면 정말 신이 날 거야. 당나귀나 소 같으면 갇혀서 풀을 뜯어 먹어도 상관 없지만 우리 염소들은 넓은 들판에서 마음껏 뛰어 놀아야 한다고.'

그런 생각이 들자마자 스겡 씨네 염소는 그만 입맛을 잃어버렸다네. 그러니 몸은 점점 말라가고 젖도 잘 나오지 않을 수밖에……. 온종일 먼 산만 쳐다보면서 목줄을 잡아당기는가 하면, 코를 벌름대면서 슬픈 소리로 '매애, 매애' 하고 울어 대기만 했지.

스겡 씨는 뭔가 염소에게 좋지 않은 일이 있을 거라는 생각은 했지만 무엇 때문인지는 알 수가 없었지.

어느 날 아침, 스겡 씨가 젖을 짜고 있을 때 드디어 염소가 입을 열었다네.

"스겡 아저씨. 전 이곳이 싫어요. 산으로 보내 주세요."

"뭐, 뭐라고? 아니 너도……."

너무나 놀란 스겡 씨는 그만 들고 있던 젖통을 떨어뜨리고 말았지 뭔가? 스겡 씨는 염소 곁에 바짝 다가 앉으며 말했지.

"그러니까, 너…… 여기서 나가고 싶다는 말이니?"

"예, 스겡 씨."

"풀이 부족하단 말이냐?"

"그게 아니에요, 스겡 씨."

"그럼 이 목줄이 너무 짧아서 그런 거냐? 그렇다면 더 길게 늘여 줄게."

"그런 게 아니에요."

"그럼 도대체 무얼 원하는 거냐?"

"전 그냥 산속으로 가고 싶다고요."

"한심한 녀석 같으니라고. 산에 가면 늑대가 기다리고 있다는 걸 몰라서 그러니? 늑대를 만나면 어쩔 거야?"

"뿔로 받아 버리면 되죠, 뭐."

"아이고, 인석아! 그까짓 뿔로 늑대를 어떻게 해 볼 수 있을 것 같으냐? 너보다 훨씬 크고 단단한 뿔을 가진 어미 염소들도 모두 잡아먹혔어. 너도 르노드 할멈을 잘 알지? 숫염소처럼 힘도 세고 아주 용감했지만 어찌 되었니? 밤새도록 싸우다가 다음 날 아침 결국 늑대 밥이 되고 말았잖아."

"르노드 할머니는 참 안됐어요. 그렇지만 상관 없어요. 저를 산으로 보내 주세요."

"이런! 이런! 도대체 너희 염소들은 이상하기 짝이 없는 녀석들이란 말이야. 이거 늑대 밥이 또 한 마리 생겼군그래. 절대 안 돼. 너를 늑대 밥이 되게 할 수는 없단 말이야. 안 되겠다. 네가 목줄을 끊고 달아날지도 모르니 너를 우리 속에다 가두어야겠어. 넌 이제부터 우리 안에서만 살아야 해!"

스겡 씨는 그 길로 염소를 우리에다 가두고 열쇠를 두 겹으로 채워 버렸지. 그런데 아뿔싸! 너무 서둘다가 그만 창문 다는 것을 잊었지 뭔가? 스겡 씨가 떠나자마자 염소는 얼씨구나 하고 창문을 통해 산으로 도망쳐 버렸지.

그랬구아르! 그것 참 잘된 일이라면서 웃고 있을 자네 얼굴이 떠오르는군. 아무래도 자넨 염소 편일 테니까 말이야. 그렇지만 이야기를 다 듣고 나면 사정이 달라질 거야.

어린 염소 눈에는 온 산이 다 천국으로 보였지. 오래된 고목들까지도 그렇게 멋지게 보일 수가 없었다네.

풀과 나무들은 어린 염소를 마치 여왕이나 된 듯이 맞아들였지. 밤나무는 가지로 염소를 어루만져 보려고 땅에 닿도록 허리를 굽혔고, 금작화는 아름다운 향기를 뿜어 내면서 길가에다 점점이 꽃잎을 피웠다네. 그야말로 산 전체가 염소를 환영해 준 거야.

그랭구아르, 자넨 그 어린 염소가 얼마나 좋아했으리란 걸 짐작할 수 있겠지?

목을 죄던 목줄도 벗어 버렸겠다, 꼼짝 못하게 붙들고 있던 말뚝도 없겠다……. 멋대로 뛰어다니고 마음껏 풀을 뜯어도 거칠 것이 없었지. 풀도 울타리 안에 있던 것들과는 너무 달랐어. 하나같이 향기롭고 부드러운 풀들이 자신의 뿔을 덮을 정도로 수북하게 자라고 있었지.

꽃들은 또 어떠했는가……. 커다란 방울꽃하며 가늘고 긴 꽃받침이 있는 진홍색 디기탈리스, 맛만 보아도 금방 취하고 말 것 같은 즙이 넘쳐흐르는 갖가지 야생화들이 무더기로 피어 있었다네.

어린 염소는 그 아름다운 경치에 그만 취해 버리고 말았지. 벌렁 누웠다가 뒹굴다가 낙엽이나 밤톨과 함께 비탈을 굴러내리기도 했지. 그러다가 벌떡 일어나 미친 듯이 달리기도 하고 말이야. 머리를 쑥 내밀고 덤불이나 회양목 숲을 뚫고 달리는가 하면, 험한 절벽 위나 깊은 골짜기를 지나기도 하면서

봉우리나 기슭이나 가리지 않고 정신없이 내달린 거야. 멀리서 보면 마치 스겡 씨네 염소가 열 마리도 넘는 것처럼 보일 정도였다네.

어린 염소가 두려워할 건 아무것도 없었지. 물살이 센 골짜기도 단번에 뛰어넘었고, 축축한 흙가루며 물거품을 뒤집어 쓰기도 했다네. 물에 젖은 몸은 편편한 바위 위에 누워 있기만 하면 따뜻한 햇볕이 금방 말려 주었어.

그러다가 금작화 한 송이를 따 입에 물고 높은 언덕으로 올라갔을 때였어. 저 멀리 아래쪽을 보니 널찍한 벌판 한가운데 울타리가 쳐져 있는 스겡 씨네 집이 눈에 들어온 거야. 그걸 보자마자 염소는 그만 웃음을 터뜨리고 말았어.

"아니! 저렇게 작은 집에서 내가 살았단 말이야?"

어린 염소는 발을 구르며 깔깔대고 웃었지.

높은 데서 아래를 내려다 본 염소는 자신이 세상에서 가장 크다고 생각한 거야. 아무튼 스겡 씨네 염소는 지금껏 그렇게 즐거운 하루를 보낸 적이 없었다네. 이리저리 뛰어다니다 보니 한낮이 되었어.

그러다가 야생 포도를 맛있게 따먹고 있는 한 떼의 영양 무리와 만나게 되었지. 하얀 털옷을 입고 있는 우리 난봉꾼 스겡 씨네 염소는 단박에 영양들의 관심을 끌었다네. 영양들은 가장 맛있는 야생 포도를 권하면서 아주 반갑게 대해 주었지.

그뿐만이 아닐세. 이건 자네와 나만 알고 있어야 할 비밀 이야기인데 말이야, 그 영양들 중에서 까만 털이 난 영양 한 마리가 어린 염소의 맘에 들었지 뭔가? 이 부러운 한 쌍은 거의 두 시간이나 숲속을 나란히 거닐었다네.

무슨 이야기들을 나누었느냐고? 그건 이끼 밑으로 조잘대면서 흐르고 있는 수다쟁이 샘물에게 물어보시게나.

갑자기 바람이 서늘해지면서 산이 보랏빛으로 물들기 시작했네. 그러는 사이에 벌써 저녁이 찾아온 거지.

"벌써 저녁이야?"

어린 염소는 놀라면서 걸음을 멈추었지. 멀리 들판에는 뽀얀 안개가 끼어 있었고, 스겡 씨의 집도 이미 저녁 안개에 묻혀 가고 있었어. 실오라기처럼 가느다란 연기가 피어오르는 지붕만 희미하게 보일 뿐이었지. 마침 우리로 돌아가는 양 떼들의 방울 소리가 희미하게 들려왔다네. 어쩐지 쓸쓸한 마음이 들어 귀를 기울이고 있는데, 갑자기 제 둥지로 돌아가던 매 한 마리가 염소 곁을 스치면서 지나갔지.

깜짝 놀란 염소가 부르르 떨고 있는데, 어디선가 짐승의 울음소리가 들려왔어.

"우우! 우우!"

그 소리를 듣자 어린 염소의 머릿속에는 갑자기 늑대가 떠올랐어. 하루 종일 정신없이 노느라고 늑대 같은 건 까맣게 잊고 있었던 거지.

바로 그 순간 멀리 들판 쪽에서 나팔 소리가 들려왔다네. 그건 바로 마음씨 좋은 스겡 씨가 베푼 마지막 사랑이었지.

"우우! 우우우!"

늑대 울음소리는 점점 더 커져 갔지.

"돌아오너라! 어서 돌아와!"

스겡 씨가 부는 나팔도 계속 외쳐 대고 있었어.

순간 어린 염소는 돌아갈까 말까 망설였어. 그렇지만 단단한 말뚝과 목을 죄는 목줄, 그리고 밭을 빙 둘러싸고 있는 울타리가 떠오르자 그런 생각이 싸악 가시고 말았어.

나팔 소리가 그치더니 더 이상 들려 오지 않았다네. 그때 뒤쪽에서 부스럭거리는 소리가 났지……. 놀라서 뒤돌아보니 쫑긋 귀를 세운 시커먼 짐승이 두 눈을 번쩍이며 자신을 쏘아보고 있지 뭔가? 바로 늑대였다네.

엄청나게 큰 늑대가 꼼짝 않고 앉아서 어린 염소를 뚫어져라 바라보고 있었어. 어린 염소 따윈 금방이라도 잡아먹을 수 있으니까 서두르지 않고 입맛만 다시고 있었던 거야. 그러다가 염소가 놀라 뒤돌아보자 피식 웃으며 말했어.

"흐흐흐, 넌 바로 스갱 씨네 어린 염소로구나."

그러고는 시뻘건 혓바닥으로 길쭉한 입술을 쓰윽쓰윽 핥았다네.

어린 염소는 정신이 아득해졌지. 순간 밤새도록 싸우다가 결국 다음 날 아침에 잡아먹혔다는 르노드 할머니를 생각해 내곤 차라리 단숨에 잡아먹히는 게 더 나을지도 모른다는 생각을 했지. 그렇지만 금세 생각을 바꿨다네. 자기가 마치 스갱 씨네 용감한 염소라는 걸 증명이라도 하려는 듯 고개를 숙이고 뿔을 앞으로 내밀면서 늑대를 노려보았다네. 그렇지만 자네도 그 어린 염소가 늑대를 이길 수 있으리라고는 생각할 수 없는 일 아닌가?

물론 염소도 그걸 알고 있었다네. 다만 스갱 씨네 염소는 르노드 할머니만큼 자기도 버틸 수 있는지 시험해 보고 싶었던 것일세…….

드디어 괴물이 천천히 앞으로 다가왔네. 어린 염소도 용감하게 달려나갔지. 곧 조그만 뿔이 춤을 추기 시작했네.

아! 용감한 어린 염소! 얼마나 용맹하게 싸웠던지!

그랭구아르, 이건 절대 거짓말이 아닐세. 어린 염소는 무려 열 번도 넘게 숨이 찬 늑대로 하여금 뒷걸음을 치게 했다네. 어린 염소는 지쳐 헐떡이면서도 틈만 나면 게걸스럽게 풀을 뜯어 입에 물고는 늑대에게 달려들었지. 그런 싸움이 밤새 계속되었다네. 그러는 중에도 어린 염소는 가끔 밤하늘의 별을 올려다보면서 중얼거렸지.

'아, 새벽까지만 버틸 수 있다면…….'

드디어 별들이 하나둘 사라지기 시작했지. 어린 염소는 더욱 힘을 내어 싸웠다네. 늑대도 더욱 거세게 달려들었지.

멀리 지평선으로부터 희미한 빛이 밝아 오고, 뒤이어 목쉰 수탉의 울음소리가 들려왔네.

"드디어 아침이 왔어!"

그때까지 죽을 때만 기다리고 있던 어린 염소가 마지막으로 중얼거린 말이었지. 그리고 스갱 씨네 어린 염소는 하얀 털을 온통 붉은 피로 물들인 채 푹 쓰러지고 말았다네.

화가 잔뜩 난 늑대는 순식간에 달려들어 어린 염소를 물어뜯어 버렸지.

그랭구아르! 잘 있게나.

이 이야기는 절대 꾸며 낸 이야기가 아닐세. 언제라도 여기 프로방스에 들르기만 하면 자넨 이곳 농부들로부터 같은 이야기를 몇 번이고 들을 수 있을 걸세. 밤새도록 늑대와 싸우다가 아침이 되자 늑대에게 잡아먹힌 '스겡 씨네 염소 이야기'를 말이야.

그랭구아르, 무슨 말인지 알겠는가?

'아침이 되자 늑대가 염소를 잡아먹어 버렸다!'

어린 자고새의 두려움

우리 자고새들은 무리를 지어 날아다닌다. 밭고랑 사이 움푹 패인 곳에 둥지를 틀고 살다가 조금만 이상한 기미가 보이면 씨앗이 흩어지듯 날아가곤 한다. 우리 자고새들은 식구가 아주 많을 뿐만 아니라 매우 활기차게 살아가고 있다.

우리는 숲을 끼고 있는 들판에 자리를 잡았다. 그곳은 먹이도 많고 쉴 자리도 넉넉했다. 내 깃털은 튼튼하게 자랐고, 영양도 충분해서 얼마 안 있어 잘 날아다닐 수 있게 되었다. 나는 행복한 나날을 보냈다.

그런데 어느 날, 걱정거리가 하나 생겼다. 엄마새들이 수군대기를, 바로 오늘부터 그 유명한 사냥이 시작된다는 것이었다. 우리의 대장이면서 나와 아주 친한 자고새는 늘 나에게 이런 말을 했다.

"빨강아, 넌 걱정할 것 없다."

내 부리와 다리가 빨갛다고 해서 친구 자고새는 언제나 나를 이렇게 불렀다.

"빨강아, 사냥이 시작되면 내가 널 데리고 다닐 거야. 그러니 걱정할 것 없어. 아무 일도 없을 거야."

친구 자고새는 나이가 많았지만 머리도 좋고 몸이 아주 재빨랐다. 가슴에 말굽 모양의 점을 가지고 있었는데, 나이 탓으로 이젠 여기저기에 하얀 털이 돋아나고 있었다. 그는 젊었을 때 날개에 총을 맞은 일 때문에 지금은 썩 잘 날지는 못했다. 그래서 날기 전에는 꼭 한 번 상처난 곳을 살펴본 다음 천천히 날아가곤 했다.

친구 자고새는 틈만 나면 나를 숲의 입구로 데리고 가곤 했다. 밤나무 숲이 우거진 그곳에는 사람들이 사는 집이 한 채 있었다. 문이 굳게 닫혀 있는 그 집은 언제나 조용했다.

"저 집을 잘 봐 두렴. 만일 저 집 굴뚝에서 연기가 오르고 덧문이 열리면 우리들에겐 좋지 않은 일이 생긴단다."

나는 친구 자고새가 하는 말을 믿을 수밖에 없었다.

그런데 바로 어제 새벽이었다. 나는 잠결에 나를 찾는 낮은 목소리를 들었다.

"빨강아! 빨강아!"

친구 자고새의 목소리였다. 그는 다급하게 말했다.

"빨리 나를 따라와. 내가 하라는 대로 해야 한다."

잠이 덜 깬 나는 마치 생쥐처럼 그를 따라 밭고랑 사이를 기어갔다. 우리는 숲 쪽으로 조심스럽게 다가갔다. 그런데 지금까지 조용하기만 하던 그 집 굴뚝에서 연기가 오르고 있지 않은가? 창문도 열려 있었으며 덧문 앞에서 무장을 한 사냥꾼들이 이야기를 하고 있는 게 보였다.

"오전엔 들판을 사냥하자고. 숲은 오후에 훑고 말이야."

그제야 내 친구 자고새가 왜 나를 나무 밑으로 데리고 갔는지 짐작할 수 있었다. 내 가슴은 방망이질을 했다. 미처 피하지 못한 여러 친구 자고새들을 생각하니 내 가슴은 걷잡을 수 없이 두근거렸다.

숲 가까이 다가갔을 무렵, 우리 쪽을 향해 빠르게 달려오고 있는 사냥개들이 보였다.

"낮춰! 더 낮추라고!"

친구 자고새가 몸을 납작 엎드리며 말했다.

그때였다. 우리와 불과 열 발자국도 안 떨어진 곳에서 메추라기 한 마리가 너무 놀라 주둥이를 크게 벌린 채 비명을 내지르며 날아올랐다. 그러자마자 천둥 같은 소리가 나고 이상한 냄새가 코를 찌르면서 해가 뜨기 전인데도 뿌옇고 뜨거운 연기가 눈앞을 가렸다. 너무 무서워서 나는 그대로 얼어붙어 버릴 것만 같았다. 우리는 가까스로 들을 빠져나와 숲으로 들어갔다. 내 친구 자고새는 작은 전나무 가지 위로 올라가 웅크리고 앉았다. 나도 얼른 그 옆자리로 바짝 다가가 앉았다. 방망이질을 하는 가슴을 애써 누르며 우리는 무성한 잎 속에 몸을 숨긴 채 조심스럽게 밖을 내다보았다.

들판에서는 벌써 무서운 사냥이 시작되고 있었다. 총소리가 울릴 때마다 나는 눈을 감았다. 겨우 눈을 뜨고 보면 사나운 사냥개들이 넓은 들판을 미친 듯이 뛰어다니고 있었다. 사냥꾼들은 그 뒤에서 고래고래 소리를 질러 대곤 했다.

총이 햇빛을 받아 번쩍 빛났다. 그 순간이었다. 자욱하게 솟아오른 연기 속에서 마치 나뭇잎과 같은 것들이 하늘하늘 떨어지는 것이 보였다. 그곳에는 나무라곤 그림자도 안 보였다. 고개를 갸우뚱거리고 있는데 친구 자고새가 귀엣말을 했다. 그것은 날개에서 떨어져 나온 깃털이라는 것이었다. 맞는 말

이었다. 곧바로 머리가 피로 얼룩진 커다란 자고새 한 마리가 밭고랑으로 떨어져 내렸다. 바로 우리 머리 위에서 뜨거운 햇살이 쏟아져 내릴 때쯤에야 총소리가 멎었다. 사냥꾼들이 하나둘 작은 집으로 모여들었다.

그리고 활활 타고 있는 장작불을 둘러싸고 서서 큰 소리로 사냥 이야기를 나누었다. 사냥개들은 주인들 곁에 앉아서 혀를 내민 채 할딱거리고 있었다.

"점심을 먹으려나 보다. 우리도 점심을 먹어야지."

우리는 숲 언저리에 있는 메밀밭으로 갔다. 거기에는 화려한 깃털을 가진 꿩들이 검붉은 벼슬을 숙인 채 조심조심 메밀을 쪼고 있었다.

아, 꿩들도 다른 때처럼 당당하고 의젓한 모습이 아니었다. 메밀을 쪼면서 혹시 우리들 중에 누가 죽지는 않았느냐고 조심스럽게 물었다. 우리는 다행스럽게도 아무 일도 일어나지 않았다고 대답해 주었다.

사냥꾼들이 식사하는 소리가 점점 크게 들려 왔다. 술잔을 부딪치는 소리와 병뚜껑을 따는 소리도 이야기 소리에 섞여 함께 들려왔다. 그러자 내 친구 자고새는 다시 숨어야 할 시간이 왔다고 눈짓을 했다.

숲은 아주 조용했다. 산양들이 물을 먹으러 자주 들르는 늪에서도 아무 기척이 없었고, 토끼 보호 구역에도 토끼 한 마리 눈에 띄지 않았다. 살아 움직이는 것들은 모두 나뭇잎이나 풀잎 속에 숨어 있는 것 같았다. 사실 숲에 사는 짐승들은 몸을 가릴 곳이 많다. 땅속, 풀더미, 나뭇단, 수풀 속, 패인 곳, 그리고 빗물이 오래 고여 있는 작은 웅덩이들이 다 몸을 숨길 수 있는 곳이었다. 나는 깊은 웅덩이 속으로 들어가 숨고 싶었다. 그러나 친구 자고새는 밖으로 나가 머리 정도는 들고 내다볼 수 있는 곳을 찾자고 했다.

큰일이 벌어진 건 바로 그때였다. 사냥꾼들이 이미 숲으로 들어와 있었던 것이다. 아! 고막을 찢는 커다란 총소리, 4월에 내리는 우박처럼 나뭇잎을 떨어뜨리고 나무껍질을 찢어 놓는 총소리, 어찌 그 무서운 장면을 잊을 수 있겠는가?

토끼 한 마리가 풀을 싸안은 채 길 복판에 쓰러졌다. 다람쥐는 밤나무 가지에서 밑으로 굴러 떨어졌다. 총소리는 계속해서 숲을 온통 뒤흔들어 놓았다. 꿩이 후두둑 높이 날아올랐고, 들쥐들은 혼비백산하여 굴을 찾아 달려갔다. 우리가 숨어 있던 나무 속에서는 사슴벌레 한 마리가 깜짝 놀라 눈을 휘둥그렇게 떴고, 청잠자리와 벌, 나비들도 허둥지둥 달아나기 바빴다. 붉은 메뚜기가 정신을 못 차리고 내 옆자리로 뛰어올랐다. 그렇지만 나는 너무 무서운 나머지 그 메뚜기를 잡아먹을 생각조차 할 수가 없었다.

그러나 내 친구 자고새는 아주 침착했다. 시끄럽게 짖어 대는 사냥개 소리와 여기저기서 울리는 총소리에 귀를 기울이고 있다가 그 소리들이 가까워지면 나에게 신호를 보냈다. 우리는 총알을 피할 수 있는 곳을 골라 나뭇잎 속에 몸을 숨기면서 움직였다. 그러다가 한 번은 자칫 목숨을 잃을 뻔했다. 우리가 건너가야 할 길 양쪽에 사냥꾼들이 턱 버티고 서 있었던 것이다. 한쪽에는 얼굴이 수염투성이인 젊은이가 버티고 있었는데, 움직일 때마다 덜그덕덜그덕 소리를 냈다. 그는 총 외에도 사냥칼, 탄띠, 화약통 등 사냥에 필요한 장비들을 다 갖추고 있었으며, 다리에는 무릎까지 올라오는 각반을 두르고 있었다. 다른 쪽에는 나이가 들어 보이는 작은 사내가 피곤한 듯

나무에 기대어 담배를 피우고 있었는데, 별로 무서워 보이지는 않았다. 그러나 키가 큰 젊은이는 보기만 해도 가슴이 오그라들 정도로 무서워 보였다.

"빨강, 넌 모를 거야."

친구 자고새가 입가에 미소를 지으며 말했다. 그리고 곧장 그 무서운 수염투성이의 다리를 거의 스치듯이 하면서 힘차게 날아갔다. 우리는 사냥꾼이 총을 겨누기도 전에 이미 멀리 도망을 칠 수가 있었다. 많은 장비들 때문에 몸이 무거워진 사냥꾼의 행동이 굼떴기 때문이었다.

아! 사냥꾼들은 숲속에 자신들만 있는 줄 알고 있었지만, 그러나 그 속에는 수많은 눈들이 그들을 지켜 보았고, 또 그들의

서툰 사냥 솜씨를 비웃고 있었던 것이다.

우리는 숨고 도망치기를 계속했다. 나는 친구 자고새가 하는 대로만 따라했다. 그가 날면 나도 날고 그가 멈추면 나도 멈추었다. 그러나 어디를 지나왔는지는 지금도 눈에 선하다. 히스가 우거진 붉은 언덕, 노란나무 아래에 있는 땅굴, 마치 여기저기서 벌어지고 있는 죽음을 몰래 엿보고 있는 듯한 전나무, 엄마 새와 함께 5월의 햇볕 속을 거닐던 한적한 오솔길, 그곳에는 아직 몸놀림이 서툰 새끼 꿩들이 모여 있었다. 그러나 그들도 여느 때처럼 우리들이 반갑지는 않은 모양이었다.

나는 마치 꿈을 꾸듯 오솔길을 바라보고 있었다. 암사슴 한 마리가 눈을 크게 뜨고 길을 건너가고 있는 게 보였다.

그 옆으로 우리 자고새들이 무리를 지어 물을 마시러 다니던 늪이 눈에 들어왔다. 늪 가운데에는 목향나무 숲이 우거져 있었다. 우리는 그곳으로 날아갔다. 사냥개들이 아무리 냄새를 잘 맡는다고 해도 그곳까지는 찾아낼 수 없을 것이었다. 숨을 고르고 있는데 문득 다리를 다쳐 피로 얼룩진 산양 한 마리가 절룩거리면서 지나가는 게 보였다. 그 모습이 너무 끔찍해서 나는 아예 눈을 감아 버렸다.

그러자 내 귀에는 열에 들뜬 산양의 숨소리와 물을 마시느라

홀짝거리는 소리가 뚜렷하게 들려왔다.

해가 떨어지면서 총소리가 뜸해지더니 마침내 멎었다. 사냥이 끝난 모양이었다. 숲의 작은 집 앞을 지나가면서 우리는 끔찍한 장면을 보고야 말았다.

웅덩이 옆으로 갈색 털을 가진 산토끼와 흰 꼬리와 회색 털을 가진 토끼들이 줄을 맞추어 누워 있었다. 마치 용서를 비는 것처럼 네 발을 모으고 있었는데, 초점을 잃은 눈들은 울고 있는 것처럼 보였다. 그 옆에 자고새들도 누워 있었다. 빨간 자고새, 회색 자고새, 친구 자고새처럼 말굽 모양의 점을 가진 어른 자고새도 있고, 아직은 나처럼 부드러운 솜털을 가진 어린 자고새도 보였다. 싸늘하게 식은 몸으로 누워 있는 자고새를 보는 것처럼 슬픈 일이 또 있을까? 그렇게 힘차게 하늘을 날던 날개가 힘없이 접혀 있는 모습을 보니 갑자기 온몸에 소름이 돋았다. 어떤 자고새는 아직도 무엇을 핥으려는 것처럼 붉은 혀를 내밀고 있었다.

사냥꾼들은 이들을 둘러보다가 사냥 자루에다 담기 시작했다. 피로 얼룩진 다리나 찢긴 날갯죽지를 마구 잡아당기거나 던지면서 한 마리도 남기지 않고 모조리 쓸어 담았다. 사냥개들도 돌아가기 위해 다시 줄에 매달린 채 할딱거리고 있었다.

해가 완전히 떨어지자 사냥꾼들은 피곤한 몸을 이끌고 들판을 떠나갔다.

아, 그때 나는 그들을 얼마나 원망했는지 모른다. 사냥꾼들과 사냥개들이 정말 죽도록 미웠다. 우리는 너무 지쳐 있었다. 여느 때처럼 지는 해에게 작별 인사를 할 기력마저도 남아 있지 않았다.

길가에는 빗나간 총알에 맞아 죽은 짐승들이 더러 눈에 띄었다. 그들은 개미나 들쥐들의 밥이 될 것이었다.

어떤 곳에는 까치나 제비가 두 발을 하늘로 쳐든 채 죽어 있는 모습도 보였다. 어둠이 그 모든 것을 덮어 가고 있었다. 그러나 여기저기서 가슴을 치는 소리가 점점 크게 들렸다. 그것은 숲에서, 들녘에서, 또는 웅덩이나 강가에서 친구를 부르는 안타까운 소리였다. 그것은 또한 영원히 대답을 들을 수 없는 슬픈 소리들이기도 했다.

황금 뇌를 가진 사나이 이야기

마음을 가볍게 해 주는 이야기를 원하는 부인에게

부인, 당신의 편지를 읽고 저는 마치 양심의 가책과도 같은 고통을 느꼈습니다. 저는 제 이야기들이 지나치게 우울한 색채를 띤 점을 뉘우쳤으며, 오늘은 부인에게 뭔가 즐거운 이야기를 해 드려야겠다고 다짐했습니다. 뭔가 마음이 가벼워지는 즐거운 이야기 말입니다.

사실, 제가 슬퍼해야 할 이유가 없지 않습니까? 저는 파리에서 멀리 떨어진, 탬버린이 있고 무스카트 백포도주가 있는 시골에서 태양을 흠뻑 받고 있는 산 위에 살고 있습니다.

제 주위는 온통 햇빛과 음악에 둘러싸여 있습니다. 저는 또한 밀 이삭들로 이루어진 오케스트라와 작은 새들로 이루어진 합창단을 갖고 있습니다. 아침이면 마도요들이 저를 부릅니다. 오후가 되면 매미들이 나섭니다. 그 다음에는 목동들이 소를 몰고 피리를 불며 나타나고, 포도밭에서는 검은머리의 아름다운 소녀들의 웃음소리가 들려 옵니다.

사실 이곳은 우울한 기분을 느끼기엔 적당하지 않습니다. 이곳에 살고 있는 저는 아름다운 시와 바구니 하나 가득 담긴 사랑 이야기들을 쓰는 것이 마땅할 것입니다.

하지만 슬프게도 그렇지가 않습니다! 저는 아직도 파리와 너무 가까이 있습니다. 매일, 심지어 소나무들 사이에 있을 때에도, 비참한 파리의 우울함이 물결처럼 밀려와 제게 와 닿습니다.

이 글을 쓰고 있는 바로 이 순간에도, 저는 불쌍한 샤를 바르바라가 비참한 죽음을 맞이했다는 소식을 들었으니 말입니다. 그래서 저의 방앗간은 깊은 슬픔에 잠겨 있습니다. 안녕, 마도요와 매미들이여! 나는 더 이상 가볍고 즐거운 것을 받아들일 기분이 아니란다.

부인, 제가 부인께 제의했던 즐거운 이야기 대신 오늘 또다시 우울한 이야기를 들려드리게 된 것은 바로 이 때문입니다.

옛날에 황금 뇌를 가진 사람이 살고 있었습니다. 그렇습니다. 그의 뇌는 금으로 되어 있었습니다. 그가 태어났을 때, 의사들은 그가 살 수 없을 것이라고 생각했습니다. 그의 머리가 너무 무겁고, 크기도 엄청났기 때문입니다. 하지만 그는 살아서 건강하게 쑥쑥 자라났습니다.

그런데 그는 그 커다란 머리 때문에 항상 곤란한 일을 겪곤 했습니다. 그가 걸어다니다가 갑자기 가구에 머리를 쿵 하고 부딪히곤 하는 광경은 정말 보기에 안쓰러웠습니다.

그는 또 자주 넘어졌습니다. 한 번은 계단에서 그대로 굴러 떨어져 대리석 계단에 이마를 부딪힌 적이 있었습니다. 그때 그의 머리에서는 마치 금괴를 두드릴 때처럼 울리는 소리가 났습니다. 사람들은 그가 죽었을 거라고 생각했습니다. 하지만 그를 일으켜 세우고 보니 상처라고는 머리가 조금 찢어진 정도에 불과했고, 금발 속에 두세 방울의 금딱지가 엉겨 있었습니다. 이 아이의 뇌가 황금으로 되어 있다는 것을 그 부모들은 비로소 알게 되었습니다.

이 사실은 비밀에 부쳐졌습니다. 소년은 아무런 낌새도 알아채지 못하고 있었습니다. 부모에게, 왜 이제는 다른 아이들과 함께 집 앞에서 뛰어놀지 못하게 하는지 물었습니다.

"누가 널 훔쳐갈까 봐 그러지, 내 보물!"

그의 어머니는 이렇게 대답하곤 했습니다.

그래서 아이는 누가 자신을 훔쳐갈까 봐 매우 겁에 질리게 되었습니다. 그는 집 밖으로 나가지 않고 혼자 놀았으며, 아무 말도 없이 이 방에서 저 방으로 무거운 머리를 끌고 돌아다니곤 했습니다.

그의 부모는 그가 열여덟 살이 되었을 때에야 비로소 그가 운명의 여신으로부터 받은 기괴한 선물에 대해 이야기해 주었습니다. 그리고 이 나이가 될 때까지 먹이고 입히고 보살펴 주었으니 그 보답으로 그의 머리에 들어 있는 금을 조금 달라고 했습니다.

소년은 망설이지 않았습니다. 그 말을 듣자마자 그는 자신의 머리에서 호두알만 한 금덩이를 떼어 내어(그가 어떤 방법으로 금을 떼어 냈는지는 알 수 없습니다.) 그것을 의기양양하게 어머니의 무릎 위로 던졌습니다.

그리고 자신의 머릿속에 엄청난 재산이 들어 있다는 사실에 넋이 나간 그는, 욕망과 권세에 도취되어 아버지의 집을 떠나 세상으로 나가서 자신의 보물을 낭비하기 시작했습니다. 그가 마치 왕처럼 돈을 함부로 낭비하며 사는 것을 본 사람이라면,

그의 보물은 아무리 써도 없어지지 않는 모양이라고 생각했을 것입니다.

하지만 그의 보물은 쓰는 만큼 없어지고 있었습니다. 그래서 그의 눈은 점점 흐릿해졌고, 그의 뺨은 더욱더 움푹하게 들어갔습니다.

마침내 어느 날 아침, 무분별한 방탕으로 밤을 지샌 이 불쌍한 젊은이는 먹다 남은 음식과 희미해져 가는 불빛 속에 홀로 남아서 자신의 머리에 들어 있는 금괴에 자신이 커다란 구멍을 뚫어 놓았다는 사실을 깨닫고 공포에 질려 버렸습니다. 이제 이런 생활을 멈출 때가 된 것입니다.

그 순간부터 그는 새로운 생활을 시작했습니다. 황금 뇌를 가진 그는 멀리 떠나서 직접 자기 손으로 일해서 번 돈으로 혼자 살았습니다. 그는 의심과 두려움으로 가득 찬 구두쇠처럼 운명적인 재산을 지키기 위해 유혹의 손길을 피한 것입니다.

그러나 불행하게도 한 친구가 그의 뒤를 쫓아왔습니다. 이 친구는 그의 비밀을 알고 있었습니다.

어느 날 밤, 이 불쌍한 남자는 머리에 견딜 수 없는 통증을 느껴 깜짝 놀라 눈을 떴습니다. 그는 마음이 산란해져 자리에서 펄쩍 뛰듯 일어섰는데, 달빛 속에 친구가 외투 밑에 뭔가를 숨긴 채 도망가는 모습이 보였습니다. 그 친구가 그의 뇌를 조금 훔쳐간 것입니다!

그리고 얼마 뒤에 이 황금 뇌를 가진 남자는 사랑에 **빠졌습**니다. 그리고 이것으로 모든 것이 끝났습니다.

그는 어느 금발 아가씨를 온 마음을 다해 사랑했습니다. 그녀도 그를 사랑했습니다. 하지만 그녀는 프릴이 달린 드레스, 하얀 깃털, 작은 구두에 다는 예쁜 청동 장식들을 더 사랑했습니다. 새 같기도 하고 인형 같기도 한 이 귀여운 여자의 손에 의해 황금 조각들이 눈 녹듯 사라지는 것은 정말 즐거운 일이었습니다. 그녀는 심한 변덕쟁이였고, 그는 그녀의 말이라면 다 들어주었습니다. 그러나 그는 그녀를 불안하게 할까 봐 끝까지 자신의 재산에 대한 슬픈 비밀을 밝히지 않았습니다.

"그럼 우린 아주 큰 부자예요?"

그녀는 이렇게 말하곤 했습니다.

그러면 이 불쌍한 남자는 이렇게 대답했습니다.

"아, 그럼……. 그럼, 아주 부자야!"

그리고 그는 아무것도 모른 채 자신의 뇌를 야금야금 먹어가고 있는 이 작은 파랑새를 향해 사랑의 미소를 지었습니다.

하지만 때때로 그는 두려움에 떨며 돈을 좀 적게 쓰려고 노력하기도 했습니다. 그럴 때면 그의 귀여운 아내가 폴짝폴짝 뛰어와서 이렇게 말하는 것이었습니다.

"아주아주 부자인 우리 남편! 비싼 물건을 사 줘요!"

그러면 그는 그녀에게 그 물건을 사 주었습니다.

이런 일이 2년 동안 계속되었습니다. 그 후 얼마 안 되어, 그의 귀여운 아내가 세상을 떠났습니다. 정확한 이유도 없이 새처럼 죽어 버렸습니다. 이제 그의 머릿속에 있는 보물도 거의 다 없어져 버렸습니다. 아내를 잃은 그는 남아 있는 보물을 가지고 사랑하는 아내를 위해 아름다운 장례식을 준비했습니다.

종소리가 크게 울려 펴지고, 커다란 마차에는 검은 천을 늘어뜨리고, 말들에게 깃털 장식을 달고, 검은색 벨벳으로 된 장막에는 은실로 눈물 방울들을 수놓았습니다. 그녀를 위해서라면 모든 것을 최고로 꾸며 주고 싶었던 것입니다.

이제 와서 그에게 금이 무슨 의미가 있겠습니까? 그는 교회, 관을 메는 사람, 화환을 만들어 준 여인들에게 자신의 금을 주었습니다. 그 밖에도 자신의 금을 아무렇게나 마구 써 버렸습니다. 그래서 그가 묘지를 떠날 때 그 놀라운 뇌에는 거의 아무것도 남아 있지 않았습니다.

두개골의 윤곽을 따라 아주 조금 금이 붙어 있을 뿐이었습니다. 그 뒤 그는 넋이 빠진 모습으로 거리를 방황했습니다. 그는 눈먼 사람처럼 길을 찾기 위해 손으로 주위를 더듬거렸으며, 마치 주정뱅이처럼 비틀거렸습니다.

어느 날 저녁, 그는 각종 천들과 불빛을 받아 빛나고 있는 화려한 옷들로 가득 찬 쇼윈도 앞에 걸음을 멈춘 뒤, 백조 솜털로 가장자리가 장식된 자그마한 푸른색 새틴 부츠를 한참 동안 들여다보았습니다.

"그녀에게 이 부츠를 사 주면 정말 좋아할 텐데."

그는 미소를 지으며 이렇게 혼잣말을 했습니다. 그리고 이제 자신의 귀여운 아내가 세상을 떠났다는 사실조차 기억하지 못하고 그는 부츠를 사러 가게 안으로 들어갔습니다.

그 순간 가게 뒤쪽 방에 있던 가게 주인은 커다란 비명 소리를 듣고 가게로 달려 나왔습니다. 가게 주인은 한 남자가 카운터 앞에 서서 아주 고통스런 표정으로 눈을 부릅뜬 채 자신을 바라보고 있는 광경을 발견하고 놀라서 뒤로 물러섰습니다. 그는 한 손에는 백조 솜털로 장식된 부츠를 움켜쥐고, 다른 한 손은 그녀를 향해 내밀고 있었습니다. 피로 범벅이 된 그의 손톱에는 금 부스러기가 묻어 있었습니다.

부인, 이것이 황금 뇌를 가진 사람의 전설입니다. 이 이야기가 마치 꾸민 것처럼 생각되시겠지만, 이 전설은 처음부터 끝까지 모두 진실입니다.

이 세상에는 뇌를 이용해서 생계를 해결하도록 운명지워진 가련한 사람들이 있습니다. 그들은 그들에게 필요한 최소한의 것들을 마련하기 위해 순금과도 같은 자신의 본질과 실체로 그 대가를 치러야 합니다. 그들에게 삶은 매일 새로 찾아오는 고통입니다. 그들이 고통받는 데 지쳐 버리면……. ✿

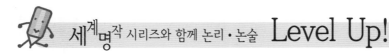

● 이해 능력 Level Up!

1. 「마지막 수업」에 나오는 프란츠가 문법을 잘하지 못한 까닭은 무엇인가요?

> 나는 이제 겨우 글자를 쓸 수 있는 수준밖에 안 되는데, 그럼 더이상 프랑스어를 배울 수가 없단 말인가? 이것으로 끝이란 말인가? 나는 그동안 시간을 헛되게 보냈다. 새 둥지나 뒤지고, 얼어붙은 강에서 스케이트를 타면서 수업을 빼먹었던 일들이 몹시 후회가 되었다. 조금 전까지만 해도 지겹게 여겨지던 문법책과 역사책이 이젠 헤어지기 싫은 오랜 친구처럼 생각되었다.

　1) 남의 나라 말이어서 배우고 싶지 않았다.
　2) 문법이란 중요한 공부가 아니라고 생각했다.
　3) 원래 문법이란 매우 어려운 공부이다.
　4) 아멜 선생님이 잘 가르쳐 주지 않았다.
　5) 노는 일에 정신이 팔려서 열심히 배우지 않았다.

2. 「별」을 읽고 난 뒤 나눈 이야기로 옳은 것을 골라 보세요.

　1) 스테파네트 아가씨는 목동에게 자주 양식을 가져다 주었다.
　2) 스테파네트 아가씨가 목동의 움막에서 잔 것은 소나기로 불어

난 물 때문이었다.

　3) 목동은 스테파네트 아가씨가 올 줄을 미리 알고 있었다.

　4) 목동은 스테파네트 아가씨와 결혼하고 싶어한다.

　5) 별들에게도 전해 오는 이야기가 많다.

3.「별」에 나오는 스테파네트 아가씨의 성격이 아닌 것을 고르세요.

　1) 명랑하다.　　　　2) 다정하다.　　　　3) 밝다.

　4) 교만하다.　　　　5) 순진하다.

4.「노인들」을 읽은 소감으로 알맞은 것을 골라 보세요.

　1) 아무리 바빠도 친구를 보내 조부모를 위로하는 건 잘못이야.

　2) 두 노인은 친구를 대신 보낸 모리스를 무척 원망할 거야.

　3) 친구의 부탁을 받고 쉬지도 못하고 시골까지 내려간 주인공은
　　 참 훌륭해.

　4) 할머니보다 할아버지가 모리스를 더 사랑하고 있어.

　5) 두 노인은 겉으로만 반가운 체했을 뿐이야.

5.「노인들」에서 '나'를 가장 감동시킨 것은 무엇인가요?

　1) 두 노인이 보여 준 손자에 대한 깊은 사랑

　2) 가난을 부끄럽게 생각하지 않는 굳은 마음

　3) 두 노인이 서로 사랑하는 마음

　4) 두 노인을 생각하는 친구의 착한 마음

　5) 두 노인을 정성으로 받드는 고아원 소녀들의 마음

6. 다음은 「고세 신부의 술」 일부분입니다. 글을 읽고 고세 신부가 술을 만든 이유를 골라 보세요.

텅 빈 제 머릿속에도 가난을 몰아낼 방법이 있답니다. 제가 어릴 때 저를 길러 주신 베공 할머니를 아십니까? 여러분, 베공 할머니는 코르시카에 사는 티티새보다도 약초에 대해 많이 알고 계셨습니다. 그리고 돌아가시기 전에는 약초를 가지고 놀라운 묘약을 만들어 냈지요. 오래전의 일이지만 성 오거스틴의 도우심과 원장님의 허락만 있으시다면, 그 신비로운 술 만드는 방법을 찾아낼 수 있을 것입니다. 만일 그 술을 만들 수만 있다면 우리는 비싸게 팔기만 하면 되는 거예요. 그렇게 하면 우리도 다른 수도원처럼 큰 부자가……."

1) 고세 신부가 원래 술을 좋아했다.
2) 돈을 벌어 가난한 수도사들의 생활을 도우려고 했다.
3) 우연히 좋은 술을 만드는 방법을 알아냈다.
4) 수도원장이 만들라고 명령을 하였다.
5) 모든 사람들이 술을 만들어 달라고 부탁을 하였다.

7. 「소년 간첩」에서 꼬마 스텐느가 프러시아 군인에게 받은 은화를 돌려주러 간 스텐느 영감은 어떻게 되었을까요?

1) 프러시아 군대에게 돌려주었을 것이다.

2) 프러시아 군대에게 항복하였을 것이다.

3) 프러시아 군대와 싸우다가 전사하였을 것이다.

4) 은화를 가지고 다른 나라로 달아났을 것이다.

5) 게임을 하러 갔을 것이다.

8. 「소년 간첩」에 나오는 키다리에 대해서 여러 사람이 이야기를 했어요. 가장 바르게 말한 것을 골라 보세요.

1) 키다리가 적군에게 은화를 받은 것은 가난한 프랑스 사람들을 위해서 한 일이므로 칭찬해 주어야 해.

2) 모든 일이 키다리를 따라가서 생긴 일이므로 꼬마 스텐느에게는 죄가 없어.

3) 키다리도 그런 일이 잘못이라는 걸 모르고 했을 거야.

4) 불쌍한 꼬마 스텐느를 위해서 위험한 일을 해낸 키다리는 아주 용감한 사람이야.

5) 아군의 비밀을 적군에게 알린 키다리도 나쁘지만 따라간 꼬마 스텐느도 잘못한 거야.

9. 「코르니유 영감님의 비밀」에 나오는 코르니유 영감님은 어떤 사람인가요?

1) 자존심이 아주 강한 사람

2) 자기 혼자만 잘살려고 하는 사람

3) 문명의 발달을 싫어하는 사람

4) 남 속이기를 좋아하는 사람

5) 남의 도움 없이는 살아가지 못하는 사람

10. 「교황의 노새」에서 티스테 베덴은 노새를 왜 종탑 위로 끌고 올
   라갔나요?

   1) 사랑하는 노새에게 높은 데에서 좋은 경치를 보여 주려고
   2) 노새에게 운동을 시키기 위해서
   3) 노새를 괴롭히는 게 재미있어서
   4) 노새를 사랑한다는 것을 교황에게 보여 주고 싶어서
   5) 노새가 높은 데로 올라가기를 좋아해서

11. 「집을 팝니다」에 나오는 노인의 생각으로 가장 알맞은 것을 골라
   보세요.

   > "집을 내놓으셨습니까?"
   > "그렇소만……."
   > 노인은 퉁명스럽게 대답했다.
   > "내놓긴 했지만 비싸서 사기 어려울 거요."
   > 그러고는 대답도 들어보지 않고 화가 난 표정으로 문을 닫고는 빗장을 걸어
   > 버리는 것이었다. 또 노인은 채소밭과 모래가 깔린 마당을 바라보면서 어느
   > 누구에게도 집을 빼앗기지 않겠다는 듯이 오랫동안 버티고 서 있곤 했다.
   > 사람들은 수군거렸다. 별 이상한 노인네를 다 보겠군! 팔기 싫은 집을 왜
   > 팔겠다고 광고를 하는 거야?

   1) 아들 내외가 나랑 함께 살고 싶어 하니 참으로 고맙구나.
   2) 비록 시골이지만 정든 집에서 혼자 사는 게 좋아.
   3) 시골에서 혼자 사는 건 참으로 외롭고 쓸쓸한 일이야.
   4) 어서 도시로 이사해서 손자들의 재롱을 보면서 살아야지.
   5) 어서 집이 팔려야 아들 내외에게 갈 수 있을 텐데.

12. 「교황의 노새」를 읽은 느낌으로 가장 올바른 것을 골라 보세요.

1) 교황의 노새가 티스테 베덴을 차 버린 건 아주 잘한 일이야.

2) 티스테 베덴은 교황의 노새를 정말로 사랑하고 있었어.

3) 교황은 티스테 베덴이 노새를 괴롭힌다는 사실을 이미 알고 있었어.

4) 남을 괜히 괴롭히면 나중에 앙갚음을 당할 수도 있으니 조심해야 해.

5) 나를 괴롭히는 사람이 있다면 나도 노새처럼 앙갚음을 꼭 해주고 말 거야.

13. 「베를린 포위」에 나오는 주브 대령에 대한 이야기로 잘못된 것을 골라 보세요.

1) 예절과 규칙을 잘 지키는 사람이다.

2) 명예를 아주 귀하게 여기는 사람이다.

3) 애국심이 아주 강한 사람이다.

4) 프랑스가 꼭 이길 것이라고 믿고 있었던 사람이다.

5) 용감하게 싸우다가 전사한 사람이다.

14. 「베를린 포위」의 내용과 다른 것은 어느 것인가요.

1) 베를린이 프랑스 군대에게 포위되었다.

2) 파리가 프러시아 군대에게 포위되었다.

3) 소녀가 거짓말을 한 것은 주브 대령을 위해서였다.

4) 주브 대령의 아들도 프랑스 군인이었다.

5) 개선문으로 들어온 군대는 프러시아군이었다.

15. 다음은 「스겡 씨네 염소」의 일부분입니다. 염소가 산으로 달아 난 까닭으로 알맞은 것을 골라 보세요.

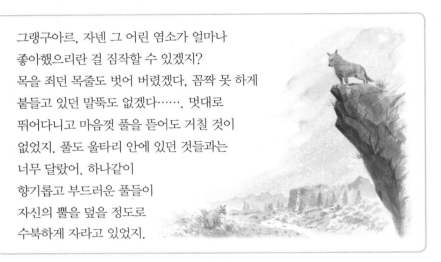

그랭구아르, 자넨 그 어린 염소가 얼마나 좋아했으리란 걸 짐작할 수 있겠지? 목을 죄던 목줄도 벗어 버렸겠다, 꼼짝 못 하게 붙들고 있던 말뚝도 없겠다……. 멋대로 뛰어다니고 마음껏 풀을 뜯어도 거칠 것이 없었지. 풀도 울타리 안에 있던 것들과는 너무 달랐어. 하나같이 향기롭고 부드러운 풀들이 자신의 뿔을 덮을 정도로 수북하게 자라고 있었지.

1) 스겡 씨의 학대를 견디지 못하여
2) 우리에서 벗어나 자유롭게 살고 싶어서
3) 산에는 무서운 늑대가 있다는 걸 몰랐으므로
4) 산에는 더 많은 먹이가 있을 것 같아서
5) 다른 염소들도 모두 그렇게 하였으므로

16. 「어린 자고새의 두려움」에서 친구 자고새가 어린 자고새를 도와 줄 수 있었던 가장 큰 까닭은 무엇인가요?

1) 친구 자고새가 어린 자고새를 사랑했으므로
2) 친구 자고새가 더 크고 힘이 세었으므로
3) 친구 자고새는 경험이 많아 앞으로 벌어질 일에 대해 잘 알고 있었으므로

4) 친구 자고새는 매우 **빠르게** 날 수 있었으므로

5) 친구 자고새는 누구보다도 눈치가 빨랐으므로

17. 「황금 뇌를 가진 사나이」의 내용과 다른 것을 골라 보세요.

1) 그의 부모는 그가 열여덟 살이 되었을 때에야 사실을 말해 주었다.

2) 자신에 대한 진실을 알고 보물을 마구 낭비했다.

3) 그의 보물은 아무리 써도 없어지지 않는다.

4) 그의 아내는 무엇이든 사 달라고 졸랐다.

5) 그는 남아 있는 보물로 죽은 아내의 장례식을 준비했다.

● **논리 능력 Level Up!**

1. 「마지막 수업」에 나오는 아멜 선생님은 '자기 나라의 말'이 매우 중요하다고 했습니다. 그럼, 우리말을 잘 지켜 나가려면 어떻게 해야 할까요?

2. 아래 글은 「별」의 일부분입니다. 이 글을 읽고, 목동이 스테파네트 아가씨를 마음속으로 좋아하게 된 이유를 써 보세요.

> 내가 가장 듣고 싶은 것은, 이 근방에서는 가장 아름다운 주인집 딸 스테파네트 아가씨에 관한 소식이었다. 나는 일부러 흥미가 없는 체하면서 아가씨가 그동안 어느 잔칫집엘 자주 다녔는지, 또는 젊은이들이 얼마나 아가씨를 많이 찾아왔었는지에 대해서 물어보곤 하였다. 혹시 사람들이 산에서 양을 치는 주제에 그런 것을 왜 물어보느냐고 할지 모르나, 나는 이미 스무 살이나 되었고 스테파네트 아가씨는 내가 아는 사람 중에서 가장 아름다웠기 때문이다.

3. 「노인들」처럼 시골에 할아버지나 할머니께서 계신다면, 어떻게 해 드리는 게 좋을까요?

4. 다음은 「고세 신부의 술」 일부분입니다. 글을 읽고, 고세 신부가
   술주정뱅이가 된 이유를 써 보세요.

> "그렇습니다, 원장님. 다른 방법이 없습니다. 술의 도수와 섞는 양을 알아
> 내는 것은 시험관으로도 충분하지만 감칠맛 나는 맛을 알아내기 위해서는
> 반드시 제 혀를 사용해야만 하거든요."
> "아, 그렇군요. 그런데 혀끝을 대보면 술맛이 좋습니까? 정말로 술을 마시
> 면 기분이 좋아지나요?"
> "네, 원장님."
> 고세 신부의 얼굴이 빨갛게 달아올랐다.

5. 「소년 간첩」에서 스텐느는 적군이 포위해 학교가 문을 닫았는데
   도 오히려 신이 났다고 했습니다. 아래 글을 읽고, 그 이유가 무
   엇인지 써 보세요.

> 그러나 꼬마 스텐느는 별로 불편한 게 없었다. 포위는 오히려 신나는 일
> 이었다. 학교가 문을 닫는 바람에 스텐느는 날마다 노는 게 일이었다. 거
> 리는 언제나 시장처럼 어수선했다. 꼬마 스텐느는 종일 밖을 쏘다녔다.
> 그러다 보니 행진하는 부대를 따라다니면서 어느 부대가 가장 멋지게 군
> 악을 연주하는지도 훤히 알 수 있게 되었다.

6. 아래 글은 「코르니유 영감님의 비밀」의 일부분입니다. 코르니유 영감님은 왜 일감도 없는데 거짓으로 풍차를 돌렸는지 써 보세요.

그런데 방 한 구석에 구멍난 포대가 몇 개 놓여 있었는데 말이에요. 벽에서 흘러내린 듯한 흙가루와 회칠 부스러기들이 흘러 나오고 있더라지 뭡니까?
바로 그게 코르니유 영감님의 비밀이었던 거예요. 풍차 방앗간의 체면 때문에 아직도 이렇게 일을 많이 하고 있노라고 수도 없이 노새를 몰고 거리를 지나다녔지만, 그것은 밀가루 포대가 아니라 벽에서 떨어진 흙과 회칠 부스러기들이었던 거예요.
아, 가엾은 코르니유 영감님! 벌써 오래전부터 영감님은 증기 방앗간에 손님들을 모두 빼앗겨 버린 거죠. 풍차들은 날마다 그냥 헛돌고 있었던 거고요.

_____

_____

_____

7. 「교황의 노새」에 나오는 티스테 베벤은 어떤 사람인가요?

_____

_____

_____

8. 「집을 팝니다」는 시골에서 쓸쓸히 사는 한 할아버지의 이야기입니다. 이 할아버지는 왜 집을 팔지 않으려 했나요?

9. 아래 「베를린 포위」의 일부분을 읽고, 주브 대령이 개선문 근처로 이사를 한 까닭을 써 보세요.

> 저 집 보이지요? 발코니 위로 창문이 넷 달린 집 말이에요. 전쟁이 한창이던 작년 8월에 나는 정신을 잃은 어떤 환자 때문에 바로 저 집에 간 일이 있었죠. 저 집에는 주브 대령이 살고 있었어요. 그는 애국심이 대단한 군인이었지요. 전쟁이 나자 우리 군대가 이겨서 당당하게 들어오는 개선 행진을 보려고 이사를 했다더군요.

10. 「스겡 씨네 염소」에서 스겡 씨는 산으로 달아난 염소가 나중에 라도 돌아오기를 바랐습니다. 스겡 씨가 염소를 구하기 위해 마지막으로 한 일은 무엇인가요?

_____

_____

_____

_____

● **논술 능력 Level Up!**

1. 「별」은 알퐁스 도데의 대표작이라고 할 만큼 시적이고 서정적인 작품으로 널리 알려져 있습니다. 점차 인간미가 상실되어 가고 있는 요즘, 이 작품을 읽고 느낀 점이 많을 것입니다. 그에 대해 토론해 보고, 이 작품이 끼치는 영향에 대해서도 생각해 보세요.

_____

_____

_____

2. 「마지막 수업」에서와 마찬가지로 우리나라도 36년 동안이나 나라를 빼앗겨 우리말과 글을 제대로 쓰지 못한 때가 있었습니다. 그래서 말을 빼앗기는 것이 어떤 의미인지 잘 알 수 있습니다. 참다운 나라 사랑의 길은 무엇인지 생각해 보세요.

3. 아래 글은 「노인들」에서 모리스가 보낸 편지의 일부분입니다. 만일 여러분이 친구에게서 자기 대신 할아버지, 할머니를 찾아가 달라는 부탁을 받았다면 어떻게 할 것인지 생각해 보세요.

> 그분들은 바로 둘도 없는 내 조부모님이시라네. 그분들은 나 하나 때문에 살고 계시는 분들이지. 그런데도 나는 거의 십 년 동안이나 그분들을 뵙지 못했어. 바쁜 일 때문에 내가 파리를 떠날 수 없다는 건 자네도 잘 알고 있겠지? 그렇다고 그분들이 파리로 오실 수도 없는 일 아닌가?
> 자네가 거기에 살고 있다는 게 얼마나 다행인지 모른다네. 자네를 껴안은 두 노인들은 틀림없이 나를 껴안은 듯이 기뻐하실 거네. 이미 자네에 대해선 자세하게 얘기를 해 두었으니까. 아주 친한 친구라고 말이야……

4. 「코르니유 영감님의 비밀」에서 증기 방앗간이 생기는 바람에 풍차 방앗간들이 문을 닫기 시작했습니다. 그러나 코르니유 영감님은 풍차 방앗간을 지키기 위해 끝까지 애를 썼습니다. 코르니유 영감님의 행동에서 느낀 점을 토대로 옛 것을 지키려고 노력하는 사람들의 이야기를 글로 써 보세요.

_____

_____

_____

_____

5. 「교황의 노새」는 유머러스한 느낌이 듭니다. 불량한 소년과 교황의 노새 사이에서 벌어지는 신경전이 웃음을 자아내지요. 나중에 노새의 뒷발길질로 먼지처럼 날아가 버린 소년은 어떤 사람이었는지 알아보고, 우리 주위에 이런 사람이 있다면 어떻게 대해야 할지 말해 보세요.

_____

_____

_____

_____

풀이

이해 능력 Level Up!

1. 5)　　　2. 2)　　　3. 4)　　　4. 3)　　　5. 1)
6. 2)　　　7. 3)　　　8. 5)　　　9. 1)　　　10. 3)
11. 2)　　　12. 4)　　　13. 5)　　　14. 1)　　　15. 2)
16. 3)　　　17. 3)

논리 능력 Level Up!

1. 속된 말이나 욕설을 쓰지 말고 바르고 고운 말을 쓴다. 또 될 수 있는 대로 외국어를 쓰지 말며, 우리글로 쓴 문학 작품을 많이 읽는다.
2. 스테파네트 아가씨는 목동이 알고 있는 사람 중에서 가장 아름다웠기 때문이다.
3. 틈이 나는 대로 자주 찾아가 뵙는다. 편지를 자주 드린다. 전화로 소식을 전해 드린다.
4. 좋은 술은 직접 혀끝으로 맛을 보아 가면서 만들어야 하는데, 좋은 술을 만들기 위해 날마다 술맛을 보다 보니 그만 중독이 되어 버렸던 것이다.
5. 학교에 가지 않고 날마다 마음대로 놀러 다니는 게 좋아서.
6. 증기 방앗간에 손님을 **빼앗겨** 버린 것이 억울하고 너무 창피해서 이를 감추려고.
7. 자신의 출세를 위해서 노새를 이용했을 뿐만 아니라, 교황을 속이는 등 정직하지 못한 사람이다.

8. 자신의 뿌리가 이 땅에 있음을 알기 때문에, 그리고 지금까지 함께 해 온 인연을 끊어 버릴 수가 없어서.

9. 프랑스군이 전쟁에 이기고 개선문으로 당당하게 들어오는 모습을 직접 보고 싶어서.

10. 저녁 늦게까지 나팔을 불면서 돌아갈 위치를 알려 주었다.

논술 능력 Level Up!

1. 예시 : 알프스의 아름다운 자연을 배경으로 순수한 영혼을 지닌 목동과 천진난만한 주인집 아가씨 사이에 싹트기 시작한 사랑 이야기인 이 작품은 우리에게 잔잔한 감동을 준다. 손으로 잡을 수는 없지만 밤하늘을 수놓으며 아름다운 꿈을 꾸게 해 주는 별처럼, 목동과 스테파네트 아가씨의 순수한 사랑이 계산적이고 이기적인 우리에게 따스한 사랑이 넘치는 성숙한 사람으로 거듭 태어나게 해 준다.

2. 예시 : 평소에 잘 입지 않는 정장을 입고 마지막 수업을 하는 아멜 선생님의 모습을 생각하니 마음이 숙연해진다. 자기 나라 말을 지켜 나가는 것이 얼마나 중요한지 뼈저리게 느꼈을 그들과 일본에 나라를 빼앗기고 말과 글까지 제약을 받았던 우리의 처지가 비슷해서 「마지막 수업」이 더 가슴에 남는다. 자기 나라 말과 글을 잘 지키고 발전시켜 나가면서 널리 애용하는 것이 참다운 나라 사랑임을 잊지 말아야겠다.

3. 예시 : 10년 동안이나 가 뵙지 못한 조부모님에게 친구를 대신 보내 안부를 걱정하는 모리스의 마음처럼, 조부모님도 손자인 모리스를 목숨처럼 소중하게 생각하고 늘 보고 싶어 하신다. 이런

조부모님의 마음을 잘 알기에 친구에게 어려운 부탁을 해서라도 도리를 다하고 싶었던 것이리라. 만일 내가 이런 부탁을 받는다면, 나는 기쁜 마음으로 가겠다. 쓸쓸하게 지내실 어른들에게 기쁨을 드리는 일이라면 어디든 달려가고 싶다. 그것이 어른에 대한 예의이며, 사람의 도리이기 때문이다.

4. 예시 : 사람을 편하게 해 주는 새로운 기계의 발달로 옛 것이 사라지는 경우는 수없이 많다. 따라서 사람들의 인심도 많이 변했다. 하지만 코르니유 영감님이 풍차 방앗간을 포기하지 않은 것처럼 옛 방식을 지키고 보전해 나가는 사람도 적지 않다. 또 새 기계들은 연료가 필요하므로 비용은 물론 여러 부작용을 일으킬 수 있으니 반드시 새것이 좋다고는 할 수 없다. 새로운 것만 추구했을 때 나타나는 부정적인 결과들에 대해서도 생각하고 대비해야 할 것이다.

5. 예시 : 교황의 노새는 자신을 괴롭힌 소년에게 복수하기 위해 7년 동안이나 발길질 솜씨를 가다듬으면서도 품위를 잃지 않으려고 노력했다. 거짓으로 노새를 사랑하는 체해서 교황의 환심을 산 소년은 끝없이 자기 욕심을 채워 나갔다. 그러다가 결국 노새에게 호되게 당했다. 읽는 이의 마음이 시원할 정도로 통쾌한 복수였다. 어쨌거나 이런 사람은 야비하고 비겁하다. 내 주위에 이런 사람이 있다면 인내심을 가지고 설득하고 충고를 아끼지 않을 것이다.

초등학생이 꼭 읽어야 할 세계 명작 시리즈